文芸くらしき

第26号

企画・編集
公益財団法人倉敷市文化振興財団

大学教育出版

〈倉敷市民文学賞〉

昭和四二年に倉敷・児島・玉島の三市が合併し、三〇周年の節目を迎えた平成九年に、記念事業の一環として始まった。

文芸くらしき　第26号

目次

随筆部門

童話部門

現代詩部門

短歌部門

俳句部門

一般の部

小中学生の部

川柳部門

一般の部

小中学生の部

随筆部門

一般の部から　大賞

十七歳の母

家森澄子

八月十五日の新聞に大きな見出しで、
「きょう終戦七十七年の追悼式」
毎年この日が来ると戦争と両親のことを思い出す。大切な命を奪われた人、肉親と離ればなれになった人、財産を無くした人、人生を変えられた人がたくさんいると思う。

我が家では父が昭和二十年一月に出征し四月八日に戦死した。残されたのは三十歳の母、十歳の姉六歳のわたし、三歳の弟、生後間もない妹。母は父戦死の公報が届いた日、弟妹を両腕に抱え、親戚のみんなの前で涙ながらに手を突き
「頑張りますのでよろしくお願いします」
と、言っていた。わたしには意味が分からず、母は何も悪くないのに、なぜ頭を下げるのかと不思議で為らなかった。

それからの母は農作業だけの仕事でなくニワトリを飼って卵を売ったり、和服仕立ての内職も始めて寝ている姿を目にしたことはない。

朝、私たちが登校するとき弟と妹を、母のいる田畑へ連れて行き下校時に連れて帰っていた。母は田畑をしながら子守もしていた。

そんな生活の日々が六年近く続き、過労と、体内には十二指腸虫が寄生していて、ひどい貧血のため倒れた。入院して二ヶ月の療養生活の後、家族の介

護も虚しく四人の子どもを残し三十五歳で帰らぬ人となった。

その時泣きわめく妹弟達に姉は泣きながらも毅然とした態度で、

「私達には住む家もあるし、耕作すれば食べていけるだけの田畑もあるわ、本家のお世話になりながら頑張っていきましょう」

祖父母や叔父叔母さん達もみんなで頑張りましょうと励ましてくれた。そんな親戚の人の中に、父の従姉妹に当たる人が、

「一番下の貴ちゃんは、まだ小さいからうちへ養女として頂き育てさせてください」

こう言ってくださったが、姉とわたしはこれ以上家族が少なくなることは、余りにも寂しすぎると思ったが、考えてみるとみんなが学校や仕事に出掛けた後は、妹一人でどうなるかと思ったとき、お願いしなければどうしょうもなかった。

祖父が、妹がお世話になる家は、他人の家でもないし、近くだからいつでも会えると、慰めてくれた。

五歳の妹は遊びにでも行く気分なのか「いや」とは言わず二月の寒い雪の日に小さな足跡を残して、迎えの叔母さんに手を引かれて二、三度振り返り「バイ、バイ」をしてついていった。

その夜、わたしの隣で寝ている姉は布団を頭からかぶり、布団は夜中じゅう小刻みに揺れていた。

そんなに妹のことを心配している姉に妹の近況を、知らせようと思い学校帰りに遠周りをして、妹の家の近くを通った。妹は家の近くの公園で友達と遊んでいた。元気な姿を見て安心して帰ろうと思った瞬間、妹に見つけられ走り寄ってきた。

「お姉ちゃん迎えに来てくれたの」

「いいえ今学校から帰りなの、今日は用事があってたまたまこの道を通っただけなのよ」

と、頭を撫でてあげながら、

「遅くなるとおうちの人が心配するから、早くお帰り」

こう言うと、唇を巻き込んだ口に力を込めて両方の目頭から玉の涙を流していた。

急いでそこを立ち去り、木陰に隠れると、堪えて

いたものが一度に流れ出した。
「貴ちゃんご免ね、連れて帰ってあげられなくて」
と、妹に言うようにまた、自分を納得さすように
ひとりつぶやいた。
帰宅して姉にこの話をすると、
「気持ちは分かるけど、会わない方が貴子のため
よ、会えば貴子に里心が付いて悲しめることに為
るから一日も早くあちらの家に馴染んで貰わないと
ね」
言われればその通りだ、歳こそ四歳違いの姉だが
母を亡くしてからは、わたしと弟の母さんだ。どん
なときも間違ったことは言わない。
姉は負けず嫌いで、人様に迷惑を掛けることを大
変気にする性格で、農作業の日は本家の叔父叔母よ
りも朝は一、二時間早く田畑に出ている。
「うちには手間を取る者がいないから早く出られま
す」
とは口実で自分はベテランの叔父叔母のように全
ての仕事の出来ないことを意識してからの心遣いな
のだと感じていた。

弟は元気よく、明るく小さい頃から野球が好き
で、何時も野球を上級生と練習をしていた。そんな
様子を見ていた野球の監督の人が、今度各町内で小
学生の対抗試合が有るので出て貰えないかと言って
来られた。
五年生の弟は飛び上がって喜んだ。しかし、わ
たしは心配なことがあり、姉の顔を覗き見た。ユニ
ホームやスパイクシューズいるだろうと、心配顔を
していると、明るい顔で姉は、「どうにかするわ」
と、力強くわたしに向かって言った。
「頑張るのよ」
と、弟にむかって肩を軽く叩いた。
六年生が大勢いる中から五年生の弟が選ばれ
た。両親も亡く寂しいだろうに、ふさぎ込まず、そ
の中でも熱中するものがあり、その意気込みと情
熱が姉もわたしも頼もしく思えた。
姉は弟を町内の代表として出場さすのならみんな
と同じように何もかも揃えて遣りたい。母の死後、
何一つ嬉しい事の無かった弟を喜ばせてやりたい。
この思いをわたしに打ち明け、農作業でも一番

重労働と言われているい草刈りに行くと相談があった。

その年、家の農作業終えて一番暑いときにするい草刈り、その頃早島地区では人を雇いい草を刈っていた。

そこへ姉は（束刈り）受け取り刈りを、頼みに行った。い草刈りの経験も浅い、二十歳そこそこの娘が、来たのは初めてだと言われた。

朝三時に起き、用意していた朝食を取り夕方はとっぷりと日が暮れるまで働き、湯に浸かって休んでいる姿は、綿のように疲れた姿が滲み出て頭の下がる思いであった。

姉は仕事を終えた翌る日弟に、

「買い物に行きましょう」

弟を連れて野球の道具一式を買ってきて、

「はい、これで精一杯頑張りなさい」

弟は飛び上がって喜ぶのかと思いきや、畳に両手を付いて頭をすりつけ、涙ながらに、

「お姉ちゃんありがとうございます、この事は一生忘れません」

五年生だった弟の言葉がわたしの胸に染みて涙せずにはいられない。もしこの贈りものが両親からだったら、飛び跳ねて喜んで済んだろう。両親がいないばかりに、姉に無理をして買って貰ったことが有りがたく五年生の子の胸に、より一層の嬉しさを感じた様子だった。

野球の試合当日は、農作業も休み。町内総出で応援に駆けつけた。悪戦苦闘のすえ、優勝旗を手にした。恥も外聞も無く、弟をだきしめると弟は、

「ユニホームのおかげじぁ」

と、小声でいった。

町内はもちろん我が家では母の死後以来のお祝い事であった。

その翌年はわたしの高校進学の年で有ったが、自分では、進学をきっぱりと諦めていたから何も思っていなかった。

姉は進学させられないことを大変悔やんでいただけに、泣きながら、

「進学させてあげられなくてご免ね、三年間は私の力では及ばないの」

「いいのよ、そんなこと高卒の資格は、何年先でも取れるから」

気強く言ったわたしだが独りになると、

「戦争さえ無かったら、父さえいてくれたら、せめて母だけでもいてくれたら、こんな思いはしなくて済んだだろうに」

わたしの場合、戦争のために、教育の機会均等が妨げられた。

しかし、その悔しさをいつか晴らしてみせる。誰にも迷惑を掛けずに、教育を受けられる日は、社会へ出て結婚してからは、そう簡単には来なかった。

ところが、中学卒業後二十五年目、長男も就職し、家族も皆健康で、この時を逃しては、機会が無いと思い家族や姉の勧めもあって、遅まきながら、四十二歳、学校給食調理技師として勤めながら、夜間定時制高校の門を潜った。

その頃は世帯を持っていた姉だが、色々と協力してくれ、四年間で無事卒業し、卒業証書を手にして、一番に姉に見て貰った。

「おめでとう、わたしが一番気にしていたことよ、よく頑張ったね、この証書を三十年前に取得していたら人生も変わっていたかもね」

と、泣きながら言う姉に、

「いいえ、この証書には今、手にしたからこそ大切な中味がいっぱい詰まっているの、歳を重ねてから学ぶことへの喜びと、大切さ、勤労学生の努力など貴重な体験なのよ」

そう言って貰えたら肩の荷が下りた気がすると、姉はいつもの優しい笑顔を見せた。

あの笑顔が、もう見られなくなって二十年になる。

自分が歳を重ねるごとに、当時十七歳から母代わりをしてくれた姉の苦労の数々が身に染みて、終戦七十七年間の歳月も昨日のことのように、はっきりと脳裏に焼き付いている。

チャンガラの記憶

北山隆之

享年九十四歳。じいちゃんが死んだ。

じいちゃんが死んだのは、年末のバタバタとした、冬晴れの日のこと。昼過ぎに病院から連絡が入り、仕事を投げ出して病院へ向かった。病室には、もうほとんど意識のないじいちゃんが横たわっていて、私が到着してすぐに息を引き取った。そのまま一時間ほど待っていると、姉夫婦や姪っ子が遅れてやってきて家族が揃う。じいちゃん、じいちゃん、と子どもたちが声をかけるなか「〇時〇分、ご臨終です」と医者が告げた。「はあ、やっと終わった」とでも言いたげな事務的でうんざりしたような態度に、この病院は二度と使ってやらんと理不尽な怒りをぶつけるほどには私はショックを受けた。

葬儀屋で借りた部屋でじいちゃんの遺体と過ごす最後の夜、私はカッカした気持ちが落ち着き、じいちゃんの横であぐらをかいて座る。最後の数か月は何度も入退院を繰り返し、苦しみ抜いた。最後まで真っ当に生き抜いたなあ、と思う。蝋燭の火を気にしながらじっとじいちゃんの顔を見つめる私の頭の中では、様々な記憶が巡っていた。その時、久しく、しかし強く思い出されたのは、いつだったかじいちゃんが発した「順番」という言葉。

じいちゃんからその話を聞いたのは、私が大学を卒業したばかりの頃だから、もう十年以上前になる。寝苦しい夏の夜の事。その時もあぐらをかいた私の眼前にじいちゃんがいた。私が子供のころから使っているせんべい布団に横たわり、すうすうと寝息を立てている。いったい何十年この布団を使っているのだろう、と考えながらじいちゃんの寝顔を見つめていた。じいちゃんを前にして私が緊張を覚えたのは、その時が最初で最後だった。

じいちゃんの人物像を語るならば、質素に生きるという事を全身で表現する人だった、とでも言おうか。良くも悪くも、ちょっと極端な人だった。

散髪屋に行きたくないから、髪型は常に坊主。髭剃りで、いつもツルッツルに頭を剃り上げる。服は何年も前に退職した自動車工場のボロボロの作業着しか着ない。一年を通して変わることと言えば、祖母が縫い付けるツギハギのワッペンの数と、上着を脱ぐか脱がないかだけ。冬になっても着込む事はないが、夏はむしろトランクス一枚まで軽量化していた。その恰好でどこまででも行き、夏休みも公園のごみステーションにごみを捨て、そのままラジオ体操に参加していた。「なんでお前のじいちゃん、服着てないん」と友達にからかわれたので、どうにも答えようがなく「服が嫌いだから」と答えた。親が何度も新しい服を買って渡し、まともな恰好をしてくれと懇願しても、決して自分のスタイルを変える事はなかった。

また、車の免許も車も持っていたが、何十キロ離れていようとまず自転車しか使わなかった。その自転車も個性的な見た目をしていた。どこで手に入れたのか、いつから乗っているのか、まるで見当がつかない。手先が器用な人だったから、タイヤやスポーク、かごやハンドルを劣化するたびにどこから拾ってきたものと交換していた。さらに錆び防止でその時余っていた赤や青や黄色の色とりどりのペンキをデザインという概念を置き去りにして塗るので、不気味な色彩を放つ。そして、スーパーのレジ袋や黒いごみ袋を何枚も至るところに括りつけていた。本人は「ここまでしときゃあ、誰も乗りたがらんけん、盗られる事がねえんじゃ」と自慢げだった。町内でも二つとない見た目をしていたので、友達には、チャンガラだとよく馬鹿にされた。しかし、ある日岡山駅に本を買いに行こうと珍しく電車で出かけた時に、最寄り駅に停めていたチャンガラは放置自転車と一緒に撤去されてしまった。じいちゃんもこれは想定外だったようで、酷く落ち込んでいたが、数日後には姉が使わなくなった比較的きれいな自転車に乗り出した。親はついにまともな自転車に乗ってくれたと喜んでいたが、不思議なもので、一か月後には先代とほぼ同じ見た目の、立派な二代目を作り上げていた。

こんな風に語れば、じいちゃんが家族にとって厄介者だったように映るかもしれない。しかし、実際はこんなじいちゃんを嫌だと思うものは誰もいなかった。子供ならば、ふつうはそういった違いを疎ましく思うだろう。「人と違う」という事は、子どもの頃は生活を脅かす重大な問題である。事実、私の両親が離婚して片親になった時は、友達から色々と言われてへこたれそうになった事もあった。しかし、じいちゃんの事では一度もそう思わなかった。それは、じいちゃんのそうした生き方が、そうして生んだ余裕をすべて子や孫に金や物や経験という形で与える為だと理解していたからだと思う。自分は何も欲しがらないが、何か欲しがれば何でも買ってくれた。炊き立てのご飯は必ず私たちに与え、自分は前日の冷えたご飯を食べた。風呂も家族のなかで必ず最後に入った。あらゆる面で家族を最優先にしていた。そして、いつもニコニコと太陽のような暖かな笑顔をしていた。

私はそんなじいちゃんが大好きだった。じいちゃんの笑顔が見たくて、受験勉強を頑張り難関大学に入学し、就職活動も頑張り、誰もが知る大手企業に入社した。「辛抱じゃ」という言葉がじいちゃんの口癖だったので、私は少しでもじいちゃんに近づこうと辛抱した。自分で言うのもなんだが、自慢の孫になれたと思う。

だからこそ、あの日、枕元に座った時は酷く緊張した。順風満帆な人生はいつまでも続かず、その時の私はぐらついていた。勇んで東京に出たものの、仕事では通用せず、一緒に上京した恋人とも別れ、相談できる友人もおらずボロボロになっていた。「なんで、こんな思いをしてまで生きなければならないのか」と布団の中と電車の中で考えない日はなかった。どうにか迎えた夏季休暇で私は岡山に帰り、気が付いたらじいちゃんの枕元に居た。寝ているじいちゃんを起こし、育ててくれたじいちゃんの前で、育てられた命を投げ捨てるような心中を恐る恐る吐露した。限界だった。一度も怒られた事はなかったが、さすがに怒ると思った。しかし、じいちゃんはいつもと変わらず穏やかに答えた。

「そうか。辛抱してもおえんか」

しばし沈黙が流れた。十分ほど静寂が続いて、またじいちゃんが口を開く。

「わしはあんたとちごうて頭がわりいからなあ。すまんけど、あんたの頭の中の事ははっきりとは分からん」

「でも、どうにもしんどい時は、いつも順番が巡ってきたと思ってきた。わしだけじゃねえ。みーんな、こういう時が来るもんじゃ。と思うてきた。あんたにも、順番が巡ってきたんじゃねんかなあ」

そう言って、少しだけ対話をしたら、じいちゃんはまたすぐ眠りに落ちた。

その言葉を聞いた時は、いまいちその意味が理解できなかったが、自分が何か大きな流れの一部にいるんだと考えると、目の前の問題や悩みが少し小さく見えてきて、東京に戻っても、なんとかかんとかやっていけた。

そこから十年以上、あまり思い出す事もなかったのだが、じいちゃんの遺体を見ているうちに、その日の事がはっきりと思い出された。

「ああ、そっか。これが順番なんじゃな」

じいちゃんの言葉の意味が、すとんと胸に落ち、私は小さくじいちゃんへ語りかけていた。おそらく、じいちゃんも社会に出て挫折をした。想い人にフラれた事もあった。そして、こうして遺体の前であぐらをかいて泣いた日があった。その繰り返しの果てに、じいちゃんはその親や祖父も同じように通ってきた道なんだと思い自分を慰め鼓舞するようになったのだろう。わしだけじゃねえ、先祖代々同じような苦しみが必ず回ってきて、乗り越えてきたから今のわしがあるんじゃ、わしにも乗り越えるべき苦しみが回ってきただけじゃ、と。それを、じいちゃんは「順番」と呼んだ。

葬儀を無事に終え、骨壺に入ったじいちゃんを見てまた胸が苦しくなったが、「じいちゃんもこういうシーンを味わったはず。俺の番が来ただけじゃ」と思うと、じいちゃんに追いつけたようで、嬉しいような、救われるような、あたたかな気持ちになれた。

じいちゃんの死後、家族で少しずつ遺品を片付けてはじいちゃんの思い出を話した。ただ、初盆を終えた今でも、二代目チャンガラだけはそのままになっている。はっきり家族で意見を交わしたわけではなく、なんとなく処分を保留としていた。もう何年も乗っていないので、あらゆる物が劣化して、とても使い物にならない代物なのだが、おそらくこのまましばらくは実家の片隅に居続けるのだろう。大げさかもしれないが、このボロボロの自転車が、じいちゃんという人間を表現しており、確かにじいちゃんが生きたという証になっているのだから。

一般の部　佳作

合縁奇縁

宮原雅文

時は、太平洋戦争末期の、フィリピンのルソン島である。

当時は「撃ちてし止まぬ大和魂」や「忠君愛国」の精神が日本中を覆っていた。

師範学校を卒業した彼と後輩のF君は、岡山歩兵第十連隊の同じ部隊で従軍していた。

連隊は、昭和十九年十二月二十三日、ルソン島アバリ東方に上陸し、中部山岳地帯の激戦地にいたが、敵の激しい攻撃を受けて、次第に苦戦を強いられた。突撃して壊滅した部隊もあった。戦略物資の補給不足による栄養失調や、劣悪な環境によるマラリアなどにより、次々と戦友達が倒れていった。

六月二十七日の夕刻、飯盒炊爨の炊き出しの煙を目がけた敵機の銃爆撃を突然受け、数人が撃たれた。

F君もこの時犠牲になり、命を失った。

「畜生」

彼は無力さに拳を握り締めたが、急いで近くの小石とF君の軍服のボタンをちぎり、ポケットにしまった。これが精一杯だった。戦友達を葬り合掌したが、その夜はF君の無念さを思い慟哭した。

彼はマラリアに苦しめられながら、山中を彷徨していた。八月末、部隊は、終戦を告げる軍使の公文書を聞いて投降した。残された命は、失われた命の悲しみの中で、手放しでは喜べない安堵感を感じていた。

捕虜収容所生活を終えて、ルソン島を去る時に、船上から、今は亡き戦友達に、黙祷と敬礼で別れを告げた。涙が止まらなかった。

「何のために戦ったのか？」

答えがないまま、虚脱感のみが残った。

「生還することは恥ではないのか？」

自分自身の命の扱い方に、深い自責の念にかられ憂鬱になった。

Ｆ君とは教師を親に持つ家庭環境が似ていたせいか、理屈談議もして妙に馬が合った。将来の夢や家族の事も多く語った。

「田舎には小柄な山猿の妹がおります」

「内の妹は大柄な姉御猿じゃ」

彼が言い返し笑った事も脳裏に浮かんだ。

彼はＦ君に約束した。

「遺品は必ず届けるからな！」

帰還船内は混みあっていたが、日本が見えた時は万感胸に迫るものがあった。昭和二十一年一月十三日、無事浦賀に着いた。

汽車を乗り継いで故郷に急いだ。破壊された町を眺め、敗戦の惨めさに愕然としたが、復興に向けて必死に働く人々の姿を見て、彼は心境の変化を感じていた。

「奇跡的に残された命を惜しまず、懸命に生き抜く事が、故国の土を踏めなかった戦友達へのせめてもの務めではないのか？」

否、彼は「生き恥」と言う自責の念を払拭する拠り所を捜し求めていた。自身の将来のために。

岡山も空襲で破壊されていた。倉敷駅から歩き、二年ぶりの再会を、家族は素直に涙で喜び、痩せこけた身体を母が抱きしめてくれた。体調の回復には時間を費やした。

昭和二十一年三月の快晴日、自宅から北に三十㎞のＦ君宅に遺品を届けるため、ゴムタイヤの自転車の荷台に骨壺をくくり付けて出発したが、乗り心地の悪さに閉口した。

道を尋ねながら、森の中を渓流に沿って進んでいると、突然視界が開け、二十軒ばかりの村が見え、

F君の故郷に着いた。

　F君宅に死亡告知書は既に届いていたが、情報を心待ちにしていた。挨拶を終えて、父親に骨壺を渡すと、祭壇の遺影の前に置き、小石とボタンを確認すると、覚悟していたとは言え、号泣され、声を絞り出した。

「息子はお国のために立派に戦ったのでしょうが、私達にとっては断腸の思いです。魂だけでもここに眠らせてやりたい」

　当時の悲惨な状況、F君の行動や家族への強い愛情などをお伝えしたが、涙で声が途切れた。両親の横で弟と「山猿」と呼ばれていた妹が、涙も拭わず聞き入っていた。

　主屋から手入れされた庭を眺めながら、悲しい食事になった。F君への両親の期待、F君に抱く弟や妹の尊敬の念の話を聞くと、深い喪失感を覚えた。

　泊りを進められたが丁重にお断りした。

「又、お伺いします」

　彼は家庭の温かさを強く感じて、F君の身代わりのような感覚に陥った。


　F君に語りながら、満天の星を頼りに帰路を急いだ。明くる日、丁寧な礼状を送った。

　昭和二十一年五月、汽車で最寄りの駅から六km歩き、再びF君宅を訪れた。この頃、彼は地元の小学校の教師に復職していた。

　F君の妹の彼女は高等女学校卒業後、玉野の工場で勤労奉仕中に終戦を迎え、実家で暮らしていた。昼食をはさんで彼女とも家庭や学校やF君の思い出などの話題で会話が弾んだ。彼女の爪弾く大正琴の音色も心に響き、居心地の良い時間を過ごし、夕刻失礼した。

　彼女の天真爛漫な性格に惹かれた。

「実家には余り長居は出来ない」

　彼女は自立の道を漠然と模索していた。女学校の友人達から仕事の誘いもあり、母親に相談した。

「貴女が、よー考えて決めなせー、ところで彼の事をどう思うとるんで？」

「ええ人じゃと思うけど」

　意表を突かれた彼女の相談はここで途切れた。十八歳の乙女の心は自立で揺れていた。

この頃、戦争の犠牲により、若者が少なくなったのか、彼にも仲人を通じて都会のお嬢さんとの縁談が熱心に進められていたが、このご縁を断った。

彼は彼女への慕る想いも文字に書けず、お互いに近況報告の手紙になっていた。

三回目の訪問は八月だった。彼は率直に彼女に結婚を申し込んだが、突然の話に、彼女は戸惑いの表情になった。師範時代の兄から聞いた彼への言葉も脳裏をかすめた。

「親しゅうしてくれる先輩でええ人じゃ」

沈黙が暫く続いた後、彼女は意を決したように言った。

「父と母に」

彼は正式に両親に彼女との結婚を申し入れた。うすうす感じていた両親も、彼女の背中を押して快諾してくれた。

「よろしくお願いします」

彼女は嬉しかった。彼も同じ言葉で応え安堵した。彼女は尊敬していた兄が認めた人だからついていこうと決めた。自立の道が開けた吉日になった。

帰路、彼は喜びと覚悟をF君に伝えた。

「ありがとう。君の仲人のお陰で結婚するよ。山猿さんを幸せにするよ、だから見守ってくれよ」

感謝で目頭が熱くなった。

昭和二十一年の十一月、ささやかな結婚式を挙げ、倉敷での新婚生活が始まった。

昭和二十三年一月二日、小柄な彼女は女の子を出産した。

「もう一人おられるけー頑張られーよ」

産婆さんに励まされ、苦痛の末に男の子を出産し、双子を授かった。二十七歳の彼と二十歳の彼女は、私と妹の父と母になった。

この時から、私の人生が始まった。

私が社会人になった頃、父に一度だけ戦争の話を聞いた事がある。父は悲惨な状況をためらいながらも語ってくれた後、語気を荒げた。

「戦争はいけん、勝っても負けても傷が残る。傷はなかなか治らん。特に心の傷はな」

「奇跡的に残された命を、惜しいとは思わんけー、一生懸命やるんじゃ」

父は出掛けた先の神社などにある「戦没者慰霊碑」や「鎮魂の碑」には必ず長い時間手を合わせ、英霊達の御霊に語り掛けていた。

時代の風潮もあったのか、父は家庭の事はほぼ全て母に任せていた。少し我儘だった父も、母の明るさに支えられ、教育者として務め上げ六十六歳で、家庭を守り続けた母は七十六歳で、人生の幕を閉じた。母にとって兄・F君の「ええ人じゃ」のはずだった父は、必ずしも満点ではなかったかも知れないが、仲睦まじい父と母だった。

今、私は両親の過ごした家で、妻と平和の尊さを噛みしめながら暮らしている。仏壇に手を合わせ、折々に両家の墓に詣で、感謝の気持ちを伝えている。

人生には「合縁奇縁」の言葉がよく似合う。

セスナ機がある本屋

吉村恵子

澄ました顔で「いらっしゃいませ」と言う書店員は、油断がならない。

レジカウンターでブックカバーのストックを確認しているふりをして、実は来店してきたあなたを観察しているからだ。

あなたが本を手に取り、興味深そうにページを繰る姿を眺めながら、その人となりや趣味嗜好を想像しているかもしれない。

しかし、その書店員に悪気はない。ただ、人間と本が好きなだけである。

何を隠そう、それはかつての私なのだ。

平成三年、「ブックランドA」の倉敷二号店がオープンした。倉敷市中心部より南東方向へ六キロメートルほど進んだ場所に立地する、郊外型書店である。

道路沿いにある広い駐車場には、経営者の趣味であるセスナの実機を設置して、看板代わりにしていた。

これが功を奏して、のちに「セスナ機がある本屋」として周知されることになったのである。

「ほう、銀行で働いていたんだね。字も丁寧だ。これなら安心して仕事を任せられるな」

履歴書に目を遣りながら社長は言った。

オープンして間がない書店で、私は面接に臨んでいた。すでに二名のパート社員がいるが、もう一名追加募集をしていたのだ。

当時三十四歳の私は、結婚十二年目の専業主婦であった。

書店で働いた経験がないうえに、職歴も独身時代のものだけである。

アピールできることといえば、書店に対する情熱だけであった。

面接を受ける前日まで、私はその書店の存在を知らなかった。

書店が自宅から少し離れた場所にあることに加えて、それに面する道路を滅多に通ることがなかったからだ。

しかし、どういう経緯があったのか忘れてしまったが、私はその道を車で走り、新しくできた書店に出合ったのである。

導かれるように店内に足を踏み入れた私は、一瞬にしてその佇まいに惹きつけられてしまった。

広々とした店内は清潔に整えられて、高窓から差し込む光は柔らかくフロアを照らしていた。何かにやさしく包み込まれるような、居心地の良さを感じたのである。

面接の翌日から、私は働き始めることになった。

書店には五人のメンバーがいる。

まず、社長の子息であるTさん。まだ二十代の若さだが、感情をあまり表に出さず常に冷静沈着である。

次に、年齢不詳の店長Yさん。某国立大学卒のインテリで、理路整然とした話し方をするが、相手を威圧するような鋭い眼光をしている。

そして、私を含む三人のパート社員は、全員三十代の主婦である。

初めの頃は、品出しや返品作業が私の主な仕事だったが、数か月後には本の担当をするようになった。

「コミック」担当のときは、漫画を読む習慣がない私は悪戦苦闘したが、次に「文庫」を受け持つようになったときは、嬉しくてしかたなかった。

好きな作家の小説やエッセイを身近に感じることができる「文庫」の担当は、とてもやりがいがある仕事であった。

ある日、文庫の棚を整理しているときに、店長が声をかけてきた。

「飾りつけコンクールに応募してみませんか。優秀店には賞品が出るみたいですよ。もし賞品がもらえたら、忘年会でやるビンゴゲームの景品にすることができますから」

出版社が主催する文庫フェアの中に、「飾りつけコンクール」という催しがある。

コンクールに応募するには、各書店の担当者が文庫の販促物を手作りして、ディスプレイした売り場と担当者の写真を撮って出版社へ送るのである。

私は入賞する自信はなかったが、何事も経験だと思い挑戦してみることにした。

通常業務の合間を縫って、K書店とS社の飾りつけコンクールに応募した。

日々の忙しさにかまけて、応募したことを忘れかけていた頃、S社から入賞の知らせが届いた。予想外のことだったので、喜びよりも驚きの方が大きかった。

後日届いた賞品は、薄型テレビだった。

それを見たパート仲間は、歓声をあげた。

仕事の手を止めて、ひとしきりその話題で盛り上がったのである。

入社して四年目に、記憶に残る出来事が起きた。

私はレジカウンターの内側で、お客さんから依頼された本を取り寄せる手配をしていた。

その時、ひとりの男性が近づいてきた。

「これ、返品したいんだけどいいかな」

　彼が差し出したのは、かなり高額な専門書である。買った時の袋はなく、むき出しの状態であった。

　不審に思った私は、さり気なくその男性を観察した。

「レシートはお持ちですか」

　私の問いかけに対して、彼はこう答えた。

「それがさ、どこかになくしちゃったんだよ。昨日買ったばかりだからいいだろ。急いでいるから早くしてよ」

　私は自分だけでは判断できないと思い、事務所にいる店長に指示を仰ぐことにした。

　事情を聞いた店長は、射るような視線を男性に向けながら言った。

「この本は高価なものです。それなのにレシートも袋もない。普通なら返金はできませんが、お客さんのことを信用して今回は特別に返金します」

　私は不安な気持ちだったが、その場では何も言うことができなかった。

　男性は、店長から目を逸らしたままお金を受け取ると、逃げるようにして店を出て行ったのである。

　男性が去った後、専門書担当のＴさんが本を戻しにいくと、ちょうどその本の厚みの分だけ棚が空いていた。

　それを見た途端、まんまと騙されたことに気づいたのである。

　店長とＴさん、そして私の三人は、この事件で所轄署に出向くことになった。

　簡単な事情聴取を受けたあと、本に触れてしまった三人は、指紋までとられる羽目になったのである。

　後でわかったことであるが、市内にある数軒の書店が同様の被害に遭ったらしい。

　書店では、さまざまな人間模様が繰り広げられる。

そこには人間のむき出しの欲望や真摯な向上心、切ない感情が溢れている。

だから、私は書店に惹かれてしまうのだ。

人間観察と本が三度の飯より好きな人は、どこかの書店で働くことを是非お勧めしたい。

一般の部　入選

モネの鉢

大坪光恵

その日は偶然がふたつ重なった日となった。スーパーマーケットの園芸コーナーで水生植物の寄せ植えを見つけた。「沈めるメダカ用寄せ植え」と書いたラベルがぶらさがっている。厳しい夏の予感が感じられる中、涼し気なその姿に惹かれた。メダカは飼っていないが水に沈めてビオトープ風にしよう。ミズトクサとウォータークローバームチカの寄せ植えを手に取った。ミズトクサはスッと立ち上がっていて元気いっぱいだ。そして何と言ってもウォータークローバームチカの姿に参った。その名の通り水の中で育つクローバーだが、すべての葉が四つ葉なのだ。それだけで幸せな気分になる。ムチカと言う名前の響きも幼児語のようで可愛い。

寄せ植えを抱えて帰宅していると同じ町内に住む友人に会った。

「わあ、すてき。それじゃメダカを飼わない？良かったら明日バケツを持って来てね」

何と彼女は十年くらい前からメダカを育て卵が孵化すると近所の友人に分けているらしい。思いがけない偶然が重なって、翌日から玄関脇にある直径五十センチほどの鉢で水生植物とメダカの共生生活が始まった。

寄せ植えを沈めた鉢にメダカを移す時は正直おそるおそるだった。でも、彼らは新しい環境に戸惑う様子もなく、クルッと一回転してクローバーの葉の下に隠れたかと思うと、スッと顔を出して初夏の空を見上げている。メダカと言う名前の通り体の高い位置に大きな目玉がある。青い空はその目にどんな風に映っているのだろう。新しい植物と動物の家族が増えた。

暑さにも負けずメダカたちはスイスイと泳ぎ、水草はグングン育っている。クローバームチカは夜になると四つ葉を器用に閉じる。愛らしい姿だ。昼はメダカに日陰を作り、時には隠れ家となり夜は一緒に眠る。寄せ植えには水を浄化する石を敷き詰めているので鉢の水が濁らないのもうれしい。

中学生の頃、母と岡山後楽園に蓮を見に行ったことがある。蓮が開花する様子を楽しむ観蓮節《かんれんせつ》という行事だ。朝四時の開園に間に合うように小走りで向かった。薄暗い蓮池の周りにはたくさんの人が集まっていた。蓮はまだ閉じたままだ。ただただ静かだった。

「あっ」小さな声が聞こえた。池の真ん中あたりの白い蓮が「ポッ」と音を立てて開き始めた。記憶は曖昧だが「ポッ」と聞こえたのだ。まるでスローモーションビデオを見ているようだった。あちらでもこちらでも開き始めた。人垣から「わー」というどよめきとシャッター音が響いた。中には手を合わせている人もいる。母もそのひとりだった。日本では花といえば桜だが、仏教の世界では花といえば蓮だという。仏教発祥の地インドの国花は蓮だ。そういえば蓮の花の台座に座っている仏像は多い。お盆には蓮の花の形をしたお菓子をお供えする。仏壇の常花も金のメッキをした蓮の花だ。仏教徒の多い日本人なら蓮の開花を見て思わず手を合わせたくのも頷ける。

泥水の中で育つ蓮だが、水面に顔を出すと神々しいまでの白や可憐なピンクの花を咲かせる。そのギャップも人々を引きつける理由のひとつかもしれない。蓮の花言葉は「清らかな心」。どこか精神論のようなものを感じる

池には「一天四海」という仏教用語のような名前の白い大輪の蓮と、可憐な紅い蓮が咲いている。紅

い蓮は大賀ハスだ。昭和二十六年、植物学者の大賀一郎氏が千葉県の遺跡で二千年以上前の蓮の実を発見、その後発芽したものだ。小中学生や一般市民などボランティアの協力を得ての発掘作業。実際に見つけたのは地元の女子中学生らしい。二千年前と言えば弥生時代だ。邪馬台国の女王卑弥呼が愛でた蓮かもしれないと思うとロマンを感じる。もしかしたら発見した少女は卑弥呼の子孫ではないだろうかと想像するのも楽しい。そしてその生命力の強さに驚く。発芽した大賀ハスはその後博士の生まれ故郷である岡山の他、全国さまざまな場所に移植された。発見地である千葉市の市花にも制定されている。

蓮とともに代表的な水生植物のひとつに睡蓮がある。そして、睡蓮と言えば印象派の巨匠クロード・モネがいる。彼は八十六歳で没するまでたくさんの作品を残しているが、睡蓮はモネの代名詞と言ってもいいだろう。初めて彼の作品を観たのは大原美術館だった。本物を前に少し緊張した。大正九年、児島虎次郎がパリ郊外にある小さな村ジヴェルニーの彼のアトリエで買い付けたものだ。霧が立ち込めていたのだろうか、幻想的な絵だ。水面には空や雲や風までも映っている。虎次郎がこの作品を選んだ理由を知りたい。

モネは生涯で三百点以上の睡蓮の絵を残しているが、その主な作品は後半生を過ごしたジヴェルニーの邸で描かれたものだ。その地が気にいった彼は川から水をひいて日本式の庭園を造り睡蓮を浮かべた。池の周りにはしだれ柳や菖蒲、竹、桜、芍薬などを植えている。日本人になじみの深い植物ばかりだ。彼は多くの浮世絵を収集し庭造りにもその影響がみられる。池には太鼓橋まで架けている。画家であると同時に園芸家でもあった彼は花の庭を造り、水の庭を造った。それは遠い異国の地、日本への憧れだったのではないだろうか。

次に彼の作品を観たのは東京上野にある国立西洋美術館だった。二メートル四方の大作、圧巻だった。大原美術館蔵の作品の十年後、一九一六年制作の作品である。音声ガイドによると、裏打ちをしていないので筆のタッチが見てとれるという。赤や黄色の睡蓮は絵具が盛り上がっているのでより一層立体的に見え、水面に映っているしだれ柳に激しい筆の勢いを感じた。

私はこの作品を毎日観ている。というのもその絵をプリントしたコップコースターをミュージアムショップで求め、長年愛用しているからだ。九センチ角のコースターである。原画と比べると縮尺何パーセントになるだろう。裏面のコルクは変色してきたが風景は色あせない。

それは衝撃的な出会いだった。大きな画面の上から下まで水面に覆われ、観ている私はただ俯瞰するだけでなく、彼に手を引かれて冷たい池の中に立っているような感覚に陥った。そして、恐ろしいまでのその気迫に立ちすくんでしまったのだ。

朝から夕方まで一刻として同じ風景はない。日差しや、風の強さはもちろん、花の姿形も違う。「光の画家」と言われたモネはそのすべてを描きたくて睡蓮の連作を試みたのだろう。睡蓮はモネの恋人だったのかもしれない。大原美術館の工芸館横にモネの池がある。創立七十周年の記念にジヴェルニーのアトリエの庭から直接株分けされたものだ。私たちは今モネが愛でた睡蓮を見ているのだ。晩年彼は白内障を患った。ベートーベンが聴力を失ったように画家にとって致命的なことだ。だが彼は睡蓮を描き続けた。心象風景として頭の中にある景色に筆を走らせたのだろうか。

蓮も睡蓮も季語である。睡蓮に関するおもしろい俳句を見つけた。

「睡蓮に問う雨の日のモネの起居」

伊丹三樹彦の句である。睡蓮ならばモネの普段の生活を知っているのではないかという句だろうか。確かに雨の日のモネの一日は気になる。いやいや、彼のことだ。水面に落ちる雨粒を数えながらキャンバスに向かっていたのではないだろうか。

水生植物の寄せ植えを沈めた鉢を見ながら、まるで溺れるようにその虜になっている自分に驚いている。仏教では蓮の花と睡蓮の花を合わせて「蓮華」と呼び極楽浄土に咲いている花とされている。決して熱心ではないが仏教徒であるというのが理由のひとつかもしれない。もうひとつは、私の中に流れている日本人という遺伝子のせいではないだろうか。極端な話だが、荒涼とした地で生を受けていたら違う感覚かもしれない。日本は「水の国」である。全国どこへ行っても豊かな川があり湖や沼がある。岸辺では植物が育ち水中には様々な生き物がいる。時に暴れることもあるが、私たちは水と共に生きている。物理的な恩恵だけでなく精神的恩恵も受けているような気がする。

すっかり家族の一員になったメダカは人懐っこく鉢を覗くと寄って来る。そうすると可愛くて名前をつけたくなるが十五匹もの大家族だ。おまけにいつも水草の中でかくれんぼをしているから、ややこしいことこの上ない。名案が浮かんだ。大きくて黒っぽいメダカはモネにした。彼のモジャモジャあごひげに由来する。少しピンクがかったメダカはモネの友人マネにしよう。あとは、モネもマネと一緒に泳いだ方が楽しいだろう。あとは、モネ家の皆さんと呼んでいる。

虫の声が聞こえる。モネの鉢に浮かぶ四つ葉の上にショウリョウバッタが乗り、その上を赤とんぼが飛んでいる。いつの間にか水の仲間がふえていた。水面にはひつじ雲が映っている。

小中学生の部　優秀賞

楽する努力

戸田茉那

「疲れた。」

これが、私が最近家について放つ最初の言葉だ。一年生の時よりも、一段と疲れると感じるようになった。今まで軽々とこうした弱音を吐くことはあったが、疲れるとはこういうことなのかと思い知らされた。だるくて、もう一歩も歩きたくない、そんな気持ちにさせるのだ。しかし、なぜ二年生になってから本格的な疲れを感じるようになったのだろうか、私はその原因と、解決法を考えた。

学校での生活にしぼると、まず一番に思い浮かぶのが部活だ。前よりも練習が激しくなり、自分の体調が優れないこともあってなかなか回復できなかった。これは、いわば内体的な疲れだ。それでは反対に、精神面にもいくつかある。二年生になるということは、自分が先輩になり、後輩ができるということだ。色々教えてもらう立場から技術面、部活の中のルールなどを教えなくてはならないようになる。そして、活動の中心になるため当然レギュラー争いもより活発になる。今回はあの人に負けてしまうかもしれないという思いが、試合が終わるまでずっとついてくるのだ。また、人間関係だ。人と接するときは、それがたとえ友達であっても無意識に相手の思いを汲み取って話すことがある。そのように、相手との関係をよく保っていくための態度や行動に対して気疲れしてしまうのだ。そして、中でも疲れるのが、勉強だ。自分が苦手な教科のテストがある時は、分からない問題に当たるかもしれないという不安が頭をよぎる。勉強しようと思っても、勉強して点が悪かった時のことを思い出して、勉強する気さえ起こらなくなる。

これらの分析から、内体面では夏バテや体力不足が原因と考えられるため、食生活や体調に気をつけながら生活して、部活としていく上で体力をつけていけばいいと考えた。精神面では、自分が物事をネガティブに考えていることに気づいた。まず、二年生は一年生よりも格段に忙しくなるとか、中だるみの時期だとかがよく言われて、そんな先入観を持って無意識に生活してしまう。そうして、なんでもかんでも「二年生だから」を理由にしてマイナスなイメージを持っているのではないだろうか。実際、よくよく考えてみると一年生と二年生で学校生活に大きな違いがあるようには思えない。学習内容は変わるが、どちらも知らないことを学習するという点では同じため、二年生の方が難しい、とは一概に言えない気がする。部活だって、一年生にもランク戦があるし、むしろ先輩だから広いコートを使えるなどという優遇もたくさんある。自分にとって良い今の状況があたりまえ、という考えになると、自分にとって悪いことばかりが目に入って、良いことには気づきもしなくなるのだ。やはり、気持ちの問題なのだろう。一年の時の新しい学校生活に対する緊張感と謙虚な心を思い出して、気持ちをコントロールすることで目の前のことが楽しいものか、疲れを生むものになるかは大きく変わる。

人生は努力の積み重ねで、多くの努力をすることが美徳とされている気がする。しかし、今までの考えから私は自分の中でいかに負担にならない生活をするかが大切だと思った。これは一見、ただ怠けたいだけではないのかと思われるかもしれないが、そうではない。余計な労力をできるだけ減らして生活する力を身につける必要があるということだ。さまざまな問題に真正面からぶつかるのでは負担がかかる。そうではなくてうけ流して負担を小さくするのだ。周りの目を気にするのは大切だが、それによ

り自分が無理をして生活しにくくなるのは本末転倒だ。友達に
「トイレ一緒に行こう。」
と言われても
「自分は行かなくていいかな。」
と断ったり、スマホのラインが来ても、いつもすぐに返信しようとあせるのではなく今はだるいな、と思った時はそのままにしていいのだ。そうして自分はこういう人間だ、ということを相手に理解してもらう方がいいと思う。それによって、自分がやりたくないと思うことをせずにすみ、体力的にも精神的にも楽になる。小さなことだな、と思うかもしれないが結果的に相手と自分との関係をスムーズにすることができるのだ。
しかしそれでも、疲れというものが完全に消えさることはない。結局、人はいつでも疲れて悩んで生きていく生き物なのだ。そう考えるきっかけになったのが、中学受験だ。小学六年生だった私は、中高一貫校に入ることだけを目標に、家に帰った後は毎日欠かさず勉強していた。その頃の私は思っていた。まるで、入学したらその後のすべてがうまくいくかのように。今は苦しいけれど、この頑張りさえあれば後は楽になれると考えていたのだ。だがそうではなかった。当たり前のことだが、受験をするということは小学校から中学校へ上がり、なおかつより高いレベルの授業を受けるということだ。だから、部活もあるし、テストに向けての勉強は不可欠だ。そうした状況がストレスに変わる中で私は頑張り続けることに最近ふと違和感を持った。そのような理由からも、この疲れる環境でありふれている中でいかに自分にとって負担になるものを華麗にかわすかが大事だと思った。
今までの考えを踏まえて、私はこれからどのように生活していくべきだろう。人生は苦難の連続という言葉があるが、学生の今より社会人になってからの方が悩んだり、苦しんで疲れることが多くなるに決まっている。なぜなら、自立して生きていくからだ。その中には、複雑な人間関係や、重い責任を負うことに苦しむこともあるだろう。そこから、人に頼るということも大事なことなのではないかと

考えた。学校ではずっと前から教えられていることだが、自分がしんどいと感じて初めてその大切さに気づくものだ。何か自分の負担になっているものがあったら、自分で考えた後、家族や友達などに相談したり、話すだけで悩みは小さくなる。私は、これからたくさんの困難に当たって、自分の思いどおりにいかなくなる時もあると思う。だからこそ最初から疲れる原因を減らしたり。ポジティブ思考を大事にして対処していきたい。また、自分が思い悩むような不安があれば家族に相談しようと思う。人間は、いつも何かに疲れて悩んで生きていく生き物だが、そのために他の人がいて、助け合っていけるのだ。

小中学生の部　佳作

私の妹たち

大口　千咲子

私には妹が二人いる。つまり三姉妹。私がいちばん上で中学校三年生、真ん中の妹（Mちゃん）は中学校一年生、いちばん下の妹（Yちゃん）は小学校二年生だ。この夏休み、Yちゃんは八歳の誕生日を迎えた。私はYちゃんが産まれたときのことを思い出した。

私とYちゃんは七歳差で、年がかなり離れている。私が小学校一年生のときにYちゃんは産まれた。Yちゃんが母のおなかの中にいたときは、

「私は二人の妹のお姉ちゃんになるんだ！」と思い、とても嬉しく、Yちゃんが産まれてくるのが楽しみで仕方なかった。母に聞くと、その頃の私は、

「赤ちゃんの名前は○○がいい！」

などと、赤ちゃんの名前を決めようとしていたそうだ。

二〇一四年八月。夜八時頃に母に陣痛が起こり、父と私とMちゃんは、母と病院へ向かった。私とMちゃんはとてもハイテンションで、父の手伝いをしていたらしい。Yちゃんが産まれるのが夜遅くなりそうだったので、小さかった私とMちゃんを祖母が家に連れ帰った。私たちはとても楽しみにしていたので、がっかりした。でも車に乗ると、すぐに寝てしまったらしい。

夜十一時半ごろ、Yちゃんが産まれた。私とM

ちゃんは次の日の朝に病院へ行った。母の病室には父や祖父母など、親戚がたくさん来ていた。赤ちゃんの寝ているベッドへ向かう。いよいよ対面だ。わくわくやドキドキや不安など、とにかくたくさんの感情が入り混じっていた。ベッドの中を見る。そこには思っていたよりずっとかわいい赤ちゃんがいた。まだ、この子が家族になったという実感がわかなかった。緊張していたのか、私は指先でそっと赤ちゃんの手に触れた。すると、赤ちゃんが私の指を握った。その瞬間、赤ちゃんと気持ちが通じ合った気がした。そして、今までに感じたことのない感情が芽生えた。いや、よく感じる感動や喜びがものすごくふくれ上がっていたから、感じたことがないと思ったのかもしれない。その時の気持ちは言葉では言い表せないが、今でも覚えている。対面した時は、赤ちゃんが家族になったという実感がわかなかったが、指を握ってくれた瞬間に、私は赤ちゃんを「Yちゃん」として認識できた気がした。

「私がYちゃんの『お姉ちゃん』になったんだ」という責任も感じた。

夏休みが明け、私は学校が終わるとすぐに家に帰れるようになった。母が育休をとったからだ。私の両親は共働きで夕方まで仕事がある。だから、私は保育園に通っていたし、小学校になってからは、学校が終わるといつも児童館へ行っていた。今までそんな生活だったから、学校が終わってすぐに家に帰れることが嬉しかった。家に帰ってすぐに、Yちゃんのところへいく。いつもそうだった。寝ているときは寝顔を見ていたり、起きているときは話しかけたりした。本当にかわいくてしかたなかった。

時がたち、Yちゃんは二歳くらいになった。その頃の私は以前とは打って変わって、Yちゃんに嫌気がさしていた。Yちゃんはちょうどイヤイヤ期だったのだ。Yちゃんは私が遊んでいるおもちゃを取ったり、投げたりした。とてもイライラした。また、私は三年生になっていたが、まだまだ母にべったりだった。しかし母は、イヤイヤ期真只中のYちゃんの面倒を見なければならないので、私には全然構ってくれなかった。とても寂しかった。母をとられたと思った。

「Ｙちゃんなんていなければいいのに」

と思ったときも何度かあった。

しかし、私はだんだんとＹちゃんの面倒を見るようになっていった。よく、ごはんを食べさせてあげた。母の手伝いとして始めたことが、だんだんと楽しくなっていった。また一緒に遊ぶようにもなった。ちょっと前までＹちゃんが嫌だったのに、Ｙちゃんの世話をするのが楽しくなっていった。

今では、Ｙちゃんと毎日遊んだり、勉強を見てあげたり、一緒にお風呂に入ったりしている。とてもかわいくて、大大大好きだ。

「Ｙちゃんなんていなければいいのに」

と思ったあの時の自分は、本当にばかだったと思う。これからもずーっと仲良しでいたい。

真ん中の妹Ｍちゃんももちろん大好きだ。私と二歳差で年が近いので、Ｍちゃんとはいつも学校のこととか、友達のこととかについていろいろ話している。Ｍちゃんはその日あったことを毎日私に話してくれるので、私はいつもＭちゃんとのお話タイムを楽しみにしている。Ｍちゃんが産まれたとき、私はまだ二歳だったので、当時のことは全然覚えていないが、小さい頃からいつも一緒に遊んでいたそうだ。

私とＭちゃんは漫画やアニメが大好きで、最近は自分の好きなキャラクターや、ストーリー、アニメの声優さんについてよく話す。いちばん好きな作品やキャラクターは全然違うけど、Ｍちゃんと話しているととても楽しい。Ｙちゃんは年が離れているから、お姉ちゃんとして面倒を見てあげるけど、Ｍちゃんは年が近いので、お姉ちゃんではなく、友達感覚で話したり遊んだりできる。でも、やっぱり「Ｍちゃんのお姉ちゃん」になってみると、Ｍちゃんはとてもかわいくて、Ｙちゃんと同じくらい大大大好きだ。Ｍちゃんともずーっと仲良しでいたい。

ここまで読んでもらってわかったと思うが、私は本当にＭちゃんとＹちゃんのことが大大大好きだ。これからもずっと、私たちが大人になっても、おばあちゃんになっても、三人でずっとずーっと仲良しでいたい。Ｍちゃん、Ｙちゃん、私の妹になってくれて本当にありがとう。私は二人の姉になれて、本当に幸せです！

小中学生の部　入選

広島平和大使になって

藤原蒼大

ぼくは、倉敷市の広島平和大使に選ばれて八月六日に広島へ行きました。そこで原爆で被爆した人の話を聞いたり、原爆ドームや平和記念資料館を見たりしました。なぜぼくがこの広島平和大使に参加しようと思ったかと言えば、世界遺産に興味を持ったのが始まりで、原爆ドームを実際に見てみたいと思ったからでした。

この日広島に着いて最初にあったのは「広島子ども平和の集い」でした。会の中で実際に原爆で被爆をした梶本さんという九二才のおばあさんの話を聞きました。

梶本さんは十四才（当時中学生）の時に被爆し、そのときは兵隊さんの服を作る工場で働いていたそうです。工場の中なので飛行機の音も姿も全く分からなくて、原爆の落とされたその瞬間はとても怖かったそうです。そしてそのあとに天井がくずれてきて、梶本さんやそこで働いていた他の人の体や手足などがガレキにうもれて動けなくなりました。必死に助けを求めてさけんだけれど助けは来ず、自分の手はもうどうなってしまってもいいと思い、力いっぱい手をガレキの中から引きぬきました。その手は血まみれでした。工場から外に出てみると、血まみれの人や死んでいる人がたくさんいて、とにかくおそろしかったそうです。工場からは次々と人が出てきて、「水をくれ」と言いました。ですが水をあげると死んでしまいます。そして、水をあげなくても死んでしまうのです。どちらにしても死んでしまうので、どうすることもできなくて心が痛くなったそうです。

梶本さんは、この事を忘れてしまいたいけれど、ぼくたちに戦争や原爆のおそろしさを伝えるためにつらくても忘れないでいてくれています。

ぼくはこの話を聞いて、そんなにつらい思いをしているのに、ぼくたちにこの出来事を伝えるために覚えていてくれることに「ありがとう」と思いました。そしてどうしてこの人たちはこんなにもひどい目に合わなければならなかったのかと思うのと同時に、もうこのような事がないことを願いました。

被爆者の話を聞いたあとは原爆ドームを見に行きました。ドームの壁や天井は崩れていて、ドーム状の天井は、骨組だけになり壁も焼けて落ち、とてもおそろしかったです。写真で見ていたのと実際に見るのは全くちがって被害のすごさが伝わってきてとても悲しい気持ちになりました。

原爆ドームの次は広島平和記念資料館に行きました。原爆を受けてボロボロになった学生たちの服を見て、これ以上にもっと多くの人たちが犠牲になっているんだなぁと感じました。原爆の模型を見た時は、とても大きくておどろき、こんなにも大きいものが落ちてきて怖かっただろうなと思いました。見てきたばかりの原爆ドームの模型もありました。被爆前と後の模型があって、前と後とでは形が全然ちがっていて原爆で残っているのが不思議なくらいでした。熱で元の形が分からないほど曲がったビンもあり、改めて原爆の被害の大きさが分かりました。

また、原爆の被害はその時だけではなく、何年も経ってから苦しむこともたくさんありました。そこには以前に「禎子の千羽鶴」という本で読んで少しだけ知っていた佐々木禎子さんが折った折り鶴も展示してありました。禎子さんはぼくと同じ12才で病気になり、たった一年で亡くなってしまいました。そのいくつかの折り鶴を見て病気が治るようにと願いを込めながらたくさんの折り鶴を折ったのに、病気が治らなくてかわいそうだなと思いました。

ぼくは、世界の核兵器の保有数が一万二千個でその中でも今すぐに使えるものが三千個もあることを知って、「なぜ核や戦争はなくならないのか」と思うようになりました。ぼくたちが普通に暮らしている今も世界には戦争をしている国があります。特にウクライナとロシアの戦争では、ロシアの核の保有数は世界で一番多いので、早く戦争をやめないと核を使ってしまい、ウクライナが大変なことになってしまうかもしれないということも考えています。

ぼくは広島平和大使に選ばれた意味をしっかりと考え、この経験をむだにしないように、このような広島で起きた出来事を二度とだれもしないように、家族や友達、先生や色々な人に今回の体験や今の世界の現状を伝えていきたいと思っています。

講評

谷本　晃

倉敷市民文学選奨「随筆」部門の審査を終了した。
大賞「十七歳の母」一般と小中学生の部から。
〈一般の部〉
優秀賞「チャンガラの記憶」
佳　作「合縁奇縁」
入　選「セスナ機がある本屋」
入　選「モネの鉢」
〈小学生の部〉
優秀賞「楽する努力」
佳　作「私の妹たち」
入　選「広島平和大使になって」

本年も新型コロナウイルスの蔓延する中でありながら一般の部は昨年より十編も多い三十編、小中学生の部は十編の応募があった。どの作品も力作で書き手の意欲が眼に見えるようであった。

一般の部の、大賞・優秀賞・佳作は三者三様の妙味があり、議論の末、わずかな点数の差で決定した。

随筆は体験記である。ゆえに審査員の楽しみは手垢の一切付いていない作品を、いの一番に読めることである。そのトップは題名で、苦心の輝きを心にとめおき、さてこの展開は……とわくわくしながら読み進む。

そして起承転結の妙、語彙の多さ、表現力の豊かさに感動して、しばし眼をとじる。が、これだけの紙片を使いながら何を言いたいのか、と苦慮する作品もあった。

とくに今回は、誤字、脱字、脱文の多さが目立った。これがあると文章の体裁をなさない、会話の世界では通用しても、文字の世界では推量もおまけもないからである。ゆえに、ストーリーとしては申し分ないのに入賞を逃がした作品が数点あった。提出前に再度読み返していたなら気付いていたろうに、と惜しまれてならない。

それと限られた紙数での競技なので早めに本文に入っていただきたい。この点でも後ろ髪を引かれる思いのまま筆を置いたであろうと思われる作品があった。

書く前に「これとこれをメインに」とメモしておくなら無駄な文章を省け、分かりやすい文章になり、推敲も校正も短時間ですむのではなかろうか……来年度は新たな内容での応募を期待したい。

講評

斎藤恵子

今回の応募は「一般の部」二九作品、「小中学生の部」十作品でした。一般の部では戦争体験した家族をもつ人の作品が心に残りました。戦争体験を知らない世代がほとんどの現在、伝えるべき作品と思います。

大賞の「十七歳の母」は、戦争のむごさ、耐える子どもたちの互いを思いやる気持ちに感動しました。戦死した父、過労もあり三五歳で病死した母、そして十七歳から母代わりをしてくれた姉、困難に挫けず、感謝しながら生きる姿勢が伝わりました。

優秀賞の「チャンガラの記憶」は、九四歳で亡くなった「じいちゃん」と自身のことが綴られています。少し変わったところもあるけれど「あらゆる面で家族を最優先にしていた」じいちゃんを思う温かい気持ちが伝わりました。同じく優秀賞の「楽する努力」は小中学生の作品。勉強も部活も友人関係も頑張りまた悩み、思い通りにならないことを知り、家族に相談し助け合っていこうという考えに至るところを好ましく思いました。

佳作の「合縁奇縁」は戦地のことが生々しく描かれています。「彼」と「F君」の関係、縁談、なども状況が判りやすく書かれ感動的ですが、最後は種明かしのように現在が書かれています。同じく佳作の小中学生の作品「私の妹たち」はまっすぐに一番下の妹Yちゃんと二つ下のMちゃんへの愛が伝わります。読んでいても温かい幸せを感じました。

入選の「セスナ機がある本屋」は、書店での仕事の楽しさ、思いがけない事件の発生など、巧みな展開で読むものを引きつけます。「モネの鉢」は水生植物とメダカに魅せられ、またモネの絵にも魅了される作者の心の動きが丁寧に綴られていますが、印象が弱いと感じることがありました。小中学生の作品「広島平和大使になって」は、大使となり広島へ行き被爆したおばあさんの話を聞いて書いています。平和の大切さを知ることができ大変良いと思いますが、小論文のようです。もっと自分の気持ちを書いてほしいと思いました。

随筆とは自分の思いを書くものです。思いとは正しいとか間違っているとかには関係なく主観的なものです。自分を見つめ、何に感動したのか、その思いを人に伝えるように書くとよい作品になると思います。

童話部門

大賞（一般の部から）

写生会

原田典子

うわあ、変な絵！　足が人間じゃないみたい！

里沙《りさ》は、両手で画用紙をかくしながら、顔を上げた。

　黒板の前では、星太《せいた》がいすに座っている。今日のクロッキーのモデルなのだ。頭はスポーツがり。背は低い方だけど、日に焼けた体はたくましい。里沙と目が合うと、ニヤッとわらった。里沙は、フウッとため息をつく。

　やだなあ。クロッキーなんて。

　ショートカットにした髪を、もしゃっとかき回した。

　五年生になってから、図工の時間にクロッキーが始まった。えんぴつやペンで、スケッチをするのだ。

　赤白ぼうや上ぐつをかいた時は、線がゆがんでも、まあまあそれらしく見えた。ぬい目を点線でかくと、リアルになったと思う。自分の左手をかいた時は、指の形がむずかしかったけれど、つめやしわをていねいにかくとけっこううまくかけたような気がした。

　でも、六月になって友達をかくようになると、レベルがぐんと上がってしまった。首から肩の線をかくのがむずかしかったし、立っている友達をかいた時は、足がものすごく短くなってしまった。

そして、今日はクロッキー最終日。

「いいか。すわっている時の、こしやひざの位置、腕や足の曲がり方をよく見てかくんだぞ」

先生はかんたんに言うけれど、いくら見たって、そのとおりにはかけない。上半身は大きすぎ、足は細くなりすぎた。ひざの曲がり方が変で、なんだかイカの足みたい。

クロッキーの時間が終わると、里沙はあわてて画用紙を裏返した。

となりを見ると、穂乃花《ほのか》ちゃんがペンを道具かごにしまっているところだった。画用紙には、星太のすがたが、そのままくっきりとおさまっている。いすにすわった、たくましい星太、そのものだ。

「すごっ。何でそんなにうまくかけるの？」

穂乃花ちゃんは、大きな目のはしで、ちょっとわらった。色が白くて、長い髪を後ろで結んでいる。

かわいいな……。

穂乃花ちゃんは、転校してきたばかりだ。授業中に手はあげないし、休み時間には、いつも一人で絵をかいている。まだ、みんなと打ち解けてはいなかった。

「里沙、運動場に来いよ」

昼休みに、星太がドッジボールにさそってきた。里沙はクラスで一番背が高いから、星太は見上げるかっこうになる。

「よっしゃあ」

教室を見回し、女子たちに声をかける。

「里沙ちゃんが守ってくれるんならいいけど」

「男子のボールは、当たるといたいんだから」

しぶしぶ、三人が乗り気になった。

穂乃花ちゃんは、自由帳に絵をかいている。

「ねえ、穂乃花ちゃん、ドッジしない？」

里沙は、思い切って声をかけてみた。

穂乃花ちゃんはびっくりしたように顔を上げると、こまった顔で首を横にふった。

さそわない方がよかったのかな。

階段をかけおりていると、「歩きなさい！」と、げたばこで、星太といっしょになった。

「あいつの家、おれんちと同じアパートなんだ」

鉄棒前のいつもの場所に向かいながら、星太が言う。

「あいつ？」

「ほら、穂乃花ちゃん」

星太の言い方が、ちょっとやさしい。「里沙」と呼び捨てにするのとは、大ちがいだ。

「お母さんと、大きなお兄ちゃんと住んでるよ」

「お父さんは？」と聞きそうになって、がまんした。そんなことを聞くのがよくないことは、里沙だって知っている。それに、星太の家も、お母さんはシングルマザーなのだ。

「お母さん、駅前の花屋で、働いてる」

「へえ、あんた、よく知ってるねえ」

エプロンのにあう、すらりとしたお母さんなのかな。

里沙の母は、おしゃれだけれど、体つきはたくましい。父と同じ会社で、荷物の配送の仕事をしている。

「たまたま、見かけただけ」

星太が、てれたように言った。

七月になると、空気がムワッと暑くなる。塾が終わって外に出ると、たちまちひたいにあせがうかんできた。

街の中を通り抜け、海岸ぞいの道路を、手さげをふりながら歩く。海のにおいがした。小さな漁港には、漁船がびっしりと、とまっている。

あれ、穂乃花ちゃんだ！

道路の向こう側に、穂乃花ちゃんの背中が見えた。となりに、自転車をおしている若い男の人がいる。

男の人は、おかしのふくろのような物を、穂乃花ちゃんにわたした。穂乃花ちゃんは、とびはねるようにして受け取っている。里沙の胸が、ドキンとした。

ゆうかい？

知らない人についていってはいけないと、先生から何度も聞かされている。スマホをにぎりしめて、ドキドキしながら歩いた。二人は、おしゃべりを続けている。

男の人が自転車をとめた。星太のアパートの前だ。

なあんだ！

肩の力がぬけた。男の人は、穂乃花ちゃんのお兄さんだろう。

穂乃花ちゃんって、お兄さんとは、おしゃべりをするんだ。あんなに楽しそうに……。

一人っ子の里沙は、ちょっとうらやましくなった。

暑さが厳しくなると、里沙は、休み時間に一輪車に乗るようになった。風を切って走るのが心地いい。

穂乃花ちゃんは、あいかわらず絵をかいている。自由帳には、アニメの主人公がいきいきとえがかれていた。穂乃花ちゃんの手は、まるでまほうが使えるみたいだ。

「ねえ、穂乃花ちゃん。もしかして、一輪車には乗らない？」

変なさそい方をしてしまった。

「私、乗れないから……」

穂乃花ちゃんは、首を横にふった。

星太が近寄ってきて、「里沙、穂乃花ちゃんに、意地悪なことを言うなよ」と小声で言った。里沙は、ムッとする。

私、穂乃花ちゃんとなかよくしたいだけなのに。

「フンッ」と言って、ろうかに出た。

九月になると、里沙の学校では写生会がある。五年生がかくのは、漁港だ。

画板を肩にかけ、海岸を列になって歩く。海からふいてくる風がすずしかった。

遠足ならいいのに。

里沙は、ゆううつな気分だ。

「何をかくかは、自分で見つけること。手でわくを作ると、構図が決めやすいぞ」

先生は、両手の指で長方形を作ると、中をのぞくかっこうをした。

トイレなどの説明が終わると、いよいよ場所決めだ。コンクリートの岸壁を歩きながら里沙は、漁船を一そうずつながめていった。

漁船って、こんなに色々あるんだ。

操縦する部屋がついているものもあれば、ないものもある。ロープや浮き輪などをたくさん積んでいる船もあれば、空っぽに近い船もあった。中には、電球をたくさんぶらさげている船もある。

かきやすい船がいいな。

里沙は、操縦席のない船を選んだ。手でわくを作って、のぞいてみる。画用紙は、たてにした方がよさそうだ。

座ってペンを出した。まずは、船のりんかくだ。形をよく見ながら、画用紙いっぱいにかいていく。

勝栄丸って、りっぱな名前だな。

船腹に、消えそうな黒い文字を見つけた。船は、がんじょうなくさりで、岸にくくりつけられている。

船の先には、あみを巻き上げるのに使うのか、大きなローラーがついていた。船の後ろの黒い機械は、操縦に使うようだ。

ロープをかくのは、大変だった。船の中にうねうねと積み上げられている。ていねいにかいていった。

「おっ、細かいところまで、よくかけているぞ」

見回りにきた先生が、ほめてくれた。

船には、水をくむのに使うのか、ひしゃくが置いてある。ぞうきんもかけてあった。

一つ一つかいていると、船の中には、案外色々なものが積んであることがわかる。

ふうっ。

里沙は、立ち上がってのびをした。

ふと、男子三人の向こうに、穂乃花ちゃんが座っているのが目に入った。

どんな絵をかいているんだろう。

里沙は、見たくなった。

トイレに行くふりをして、後ろからそっとのぞいてみる。

漁船が三そうと、岸壁で働く漁師さんがかいてあった。トラックに、あみを積みこんでいるところだ。

「うわあ、じょうず！」

思わず声が出てしまった。

穂乃花ちゃんが振り返る。里沙の顔を見てニッとわらった。

よかった。じゃまをしたけど、おこってないみたい。

うれしくなって、里沙も思いっきり笑顔を返した。

「穂乃花ちゃんの絵って、ほんと、漁港って感じだよね。漁師さんまでかいてるんだから。人をかくのって、私にはむずかしいんだよね」

何だか、おしゃべりをしたい気分。

「私、絵を習ってたの……」

穂乃花ちゃんが、つぶやくように言った。

「へえ、そうなの。それで、そんなにじょうずなんだ」

里沙のまわりで、絵を習っている子はいない。絵の教室というのも、聞いたことがなかった。

「本当は、続けたかったんだけど」

「そうだろうねえ」

里沙の絵には、漁船が一そうかいてあるだけだ。穂乃花ちゃんの絵と比べると、ため息が出る。

「里沙ちゃんの絵も見たいな」

思いがけない穂乃花ちゃんの言葉だった。

「私の？　はずかしすぎるんだけど」

穂乃花ちゃんが立ち上がると、里沙はどぎまぎした。

「言っとくけど、へただからね」

自分の場所にもどり、裏返していた画板を表に向ける。穂乃花ちゃんは、じっと絵を見つめた。里沙は、体がちぢまるような気がする。

「よくかけてる。漁師さんが見えるみたい」

「私、人かいてないよ」

「ほら、この長いロープ、海にあみを入れる時に使うんだなって、わかるよ」

「そお？　これ、がんばってかいたんだ」

うれしい。穂乃花ちゃんにほめられるなんて。でも、できればもっといい絵にしたい。

「穂乃花ちゃん、あとは何をかけばいいと思う？」

思い切って聞いてみた。

「うーん。ここのあいているところに、船をかければいいかも」

穂乃花ちゃんは、画用紙の左右を指さした。

「でも、入らないよ。せますぎて」

「全部かけなくても、いいよ。画用紙からはみ出す感じにすれば」

「そっかあ。そしたら、もっと漁港って感じになるかもね。がんばってみる」

「うん」

穂乃花ちゃんが、にっこりうなずく。里沙は、ペンをにぎりしめた。


塾の帰り道、里沙は漁港に立ち寄った。写生会の時に時間が足りなくて、絵をかききれなかったのだ。

ノートに、ちょっと、船をスケッチしてみよう。画用紙に写せば、いい絵になるかも。

えんぴつを取り出した。夕日に照らされて、波がキラキラ光っている。満潮に近いのか、船は高い位置に浮かんでいた。

「あれっ。里沙ちゃん」

後ろから声がした。穂乃花ちゃんだった。となりに、お兄さんもいる。里沙は、あわててノートを手さげに入れた。

「里沙ちゃんって名前なんだね。穂乃花をよろしくね。そうだ！　これ、プレゼント。残り物だけど」

お兄さんが、自転車のかごに入れてある紙ぶくろから、パンを一つわたしてくれた。

「うわあ、ありがとうございます」

「お兄ちゃん、大学に行きながら、パン屋さんでアルバイトしてるの。親が離婚して大変だから、しっかりかせぐんだって」

そうだったんだ……。でも、お兄さんがいるのって、やっぱりいいな。

自転車がキキッと音をたててとまった。

「里沙、何してんの？」

野球のユニフォームを着た星太だった。

「ああ、星太君。ちょうどいいところに来たよ」

お兄さんにパンをもらって、星太が顔をほころばせる。

きっと星太は、穂乃花ちゃんもお兄さんも、好きなんだろうな。だって、私も好きだもん。

パンを鼻に近づけると、クリームのあまいにおいがした。


十月になると、二回目の写生会が予定されている。今度は、いよいよ色ぬりだ。

「穂乃花ちゃん、また、こつを教えてね」

両手を合わせておがむと、穂乃花ちゃんがクックッとわらった。

「里沙、ドッジするぞ！」

星太がさけんでいる。「おっしゃあ」と答えて、里沙は穂乃花ちゃんの方を向いた。

「いっしょに、やらない？」

穂乃花ちゃんが、コクンとうなずいた。

里沙は、ガッツポーズをした。

一般の部　優秀賞

健太の戦争

朝倉彰子

健太は四歳。お父さん、お母さんと三人で中国の安東《あんとう》という町に暮らしていました。お父さんは中国語を話すことができて安東市の市役所につとめていました。

健太は毎日、近所にすむ「あっちゃん」や「たけちゃん」たちと遊んでいました。

ある日、お父さんがいつもより早く帰ってきました。お父さんはお母さんとしばらく話していました。話がすむと健太に近づいて、「さあ、今日はお父さんと遊ぼう」といって近所の公園に連れて行ってくれました。

健太にはお母さんがなんだか泣いているように見えましたが、いつも忙しいお父さんが遊んでくれるのがうれしくて、お母さんのことはすぐに忘れてしまいました。

その夜、お父さんは健太に自分の子どものころのことを、話してくれました。

次の日、写真屋さんが来ました。お父さんとお母さんそして健太、三人一緒にはじめて写真にうつりました。健太は可愛がっていた犬のクロがいやがるのをむりやりだいて写りました。それからお父さんと健太はお出かけしました。お母さんはお弁当を作ってくれました。

大きな川のある所に行きました。鴨緑江《おうりょくこう》という名前の川で、中国と朝鮮の間を流れていました。

川にはたくさんの船やいかだが行ったり来たりしていました。お父さんは健太を肩車してくれました。二人で川が夕陽で赤くそまるのを見ていました。

健太がお父さんのことをはっきりおぼえているのは、たったこの一日だけのことでした。お母さんはその日一日中お父さんが出かけるための支度をしていました。

次の朝早く、お父さんは汽車に乗って駅から戦地に旅立っていき、もう二度と健太の所に帰ってきませんでした。

その年、昭和二十年八月一五日、日本は戦争に負けました。健太が生まれた昭和一六年の一二月、日本がアメリカを相手にはじめた戦争は、ずっと続いていたのでした。アジア・太平洋戦争と言うもので日本人を含めてアジアで二千万人以上、日本人は三百万人以上の人が亡くなった大きな戦争でした。

健太はまだ四歳でしたから、そんなことは知りませんでしたが、なにか周りの様子がすっかり変わったことは分かりました。

お母さんは健太を連れて町に出かけました。味噌《みそ》や塩魚を売って歩くのです。お母さんのお腹には赤ちゃんがいましたが、毎日のように売りに出かけました。

町の中では中国の人同士の戦争が続いていました。「子とり」といって子どもがあっちこっちでさらわれていました。中国の人たちが集団になって日本人の家に入り、大事な物を持って行きました。「いままで中国の人を日本人がいじめていたので、しかたがない」と、お母さんはがまんしていました。

お母さんは健太が中国人に連れていかれないように、そばから離れないように気を配ってくれました。

安東の冬はとっても寒く、健太を隣の家に預けて、お母さんは町に出かけて行きました。

次の年の二月、赤ちゃんが生まれました。赤ちゃんには洋子という名前が付けられました。お父さんが戦争に行く前に用意してくれていた名前でした。健太は一月にお誕生日を迎えて、五歳になっていました。

赤ちゃんが生まれてすぐお母さんは高い熱が出て、四十日も寝たままでした。お医者さんが家に来てくれましたが、お薬はもらえませんでした。肋膜《ろくまく》炎《えん》という病気で、赤ちゃんの洋子はお母さんからお乳をもらえませんでした。

春が近くなってお母さんはやっと元気になって、洋子をおんぶし健太の手を引いて町に出かけました。町の通りにゴザを敷いて、お母さんは大福餅を売りました。

食べるものは、麦や高粱《こうりゃん》などで、お米はもうずっと食べていませんでした。

二一年の五月になって、中国や朝鮮にいる人たちが日本に帰ることができるようになりました。「引《ひき》揚《あげ》」といいました。日本に帰る順番を待つ間、お母さんは家にある物をつぎつぎと売って帰る準備をしました。日本に持って帰れるのは、ひとり千円のお金と布団三枚、靴は三足、食べ物や着替えなどでした。赤ちゃんの洋子を背中におんぶしたお母さんは、たくさんの荷物を持って帰ることはできませんでした。

夏が終わって秋になり健太たちが引揚げる順番がきました。お母さんは荷を体の前と後ろにぶら下げて、後ろの荷物の上に洋子を乗せました。両手にも荷物を持っていました。健太は背中に自分の着替えを入れたリュックサックを背負っていました。安東の街から引揚げていく人たちの長い行列に交じって健太はお母さんのそばをはなれないように歩きました。

大きな山をいくつ越えたかよく覚えていません。足がだるくなって、うまく歩けなくなりました。

すぐ近くを健太くらいの年の女の子を連れて歩いていた女の人が、「元気だして歩こうね」と健太の口に飴玉《あめだま》を入れてくれました。

「健太は、日本に帰ったら幼稚園に行くのだから、がんばって歩こうね」とお母さんは言ってくれました。歩いている途中、雨が降り出しました。傘はありませんでした。お母さんが頭から上着をかぶせてくれました。健太はときどき、お母さんの背中にいる洋子の足の裏をさわってみました。洋子が少し動いたので、「洋子は生きている」と安心して歩き続けました。

やっと汽車に乗るところに着きました。汽車といっても、健太たちがのる汽車には屋根がありませんでした。馬や牛を運ぶ屋根のない貨物列車（無蓋《むがい》車《しゃ》）でした。奉天《ほうてん》の町に着くまでには雨降りの日がありました。お母さんは健太と洋子に自分の服をかぶせてくれました。

奉天は、満州で一番大きな町でした。奉天の学校が引揚者のとまる所になっていました。学校は大勢の人であふれていました。一週間くらい奉天にいて、また無蓋車に乗りました。列車は動いたり停まったりしてなかなか進みません。列車には便所はないので、列車が止まるとてんでに降りて近くの草むらに走りました。小さな子どもは自分では乗り降りできません。近くにいる大人の人が手助けしてくれました。夕暮れ時、赤い夕陽が沈んでいくのを何回見たでしょうか。食べるものも少なくてお腹がすきましたが、がまんして一日中列車にゆられていました。

錦州《きんしゅう》というところに着きました。そこにある収容所には中国のあちこちから大勢の人が集まっていました。錦州は引揚船《ひきあげせん》が出るコロ島の近くにあり、その収容所で引揚船に乗る順番を待つのです。収容所では水と食べ物をもらうことができました。病人や赤ちゃんにはおかゆがもらえ、卵がもらえることもありました。お母さんは洋子の世話をするので忙しく、健太がなべと水筒を持って、配給をまつ長い行列に並びました。健太の番が来ました。健太はなべにおかゆを入れてもらうことができました。おかゆは洋子のためのものでした。

健太はこぼさないようになべをしっかりかかえて歩きました。健太は錦州に着いたその日、列車の中で何も食べていませんでした。「ひとくちだけ」のつもりで健太はおかゆを食べました。でも気がついたら、健太はおかゆを全部食べてしまっていました。

からになったなべを健太はそっとお母さんに渡し

ました。

「ころんでおかゆこぼしちゃった」

健太ははじめてお母さんにうそをつきました。お母さんはだまって健太の顔を見ていました。とても悲しそうな顔に見えました。

お母さんが病気の時、洋子はお母さんからお乳を飲ませてもらえませんでした。引揚の途中も、お母さんは少ない食べ物を健太にくれたので、お乳はほとんど出ませんでした。洋子はだんだんやせて眼ばかり大きくなっていくようでした。

コロ島から引揚船にのってやっと博多の港についたのは十月のおわりでした。安東を出発して四十日かかっていました。岡山の健太のおばあさんの家に着いてからすぐに、お母さんは病気になりました。肺結核《はいけっかく》と言うこわい病気でした。お母さんは、病気で寝ている間、健太と洋子に会うことができませんでした。

お母さんのお乳をもらえなくなった洋子は、もっとやせてもっと目が大きくなりました。もうすぐ一歳のお誕生日を迎える寒い一月の朝、洋子は死んでしまいました。

洋子は手に煎《い》り干しを一匹にぎっていました。誰が持たせたのでしょうか。洋子は食べてみたのでしょうか。

洋子は一歳になってなかったのでお墓を作ってもらえませんでした。お墓に入ったら生まれ変わることができないと言われていたのです。洋子は埋められてその土の上に小さな石が置かれました。

健太が小学校五年生の夏、一通の手紙が福井県に住む人から届きました。その手紙には、昭和二十年五月二十日に戦争に行ったきりでまだ帰ってきていない健太のお父さんのことが書かれていました。手紙には健太のお父さんは戦争が終わった昭和二十年九月十四日に、中国の牡丹江省《ぼたんこうしょう》で戦死したと書いてありました。

お父さんの戦死の知らせを受けた昭和二十六年の秋、お母さんは庭いっぱいに菊の花を咲かせました。歩くすき間もないくらい、庭には菊の花だけが咲いていました。菊の花畑はその年だけで、次の年には、野菜畑に替わっていて、菊の花がもう咲くことはありませんでした。

丘の上の墓地に、お母さんはお父さんのお墓を建てました。お墓の中にお父さんの骨はありません。そのそばにお母さんは洋子のためにお地蔵様を建てました。

健太はお墓参りの時にはお地蔵様に牛乳をお供えしました。お墓参りをした夜にはいつも洋子の夢を見ました。「洋子が死んだのは、僕が洋子のおかゆを食べてしまったからだ」と健太は夢の中で泣きました。朝起きるといつも枕がぬれていました。健太は大人になれなかった妹の洋子のことを思って泣きました。お父さんと洋子を連れていった戦争のことを健太は大嫌いで、ずっと忘れることはできませんでした。

健太の心の中には、お父さんと洋子のためにお母さんが植えた庭一面の菊の花がずっと咲き続けていました。

一般の部　佳作

隣の犬と女の子

鶴田恵江

目が覚めた。白い雲みたいな形のベッドから、ゆっくりと起き上がった。辺りはぼんやりと黄色くかすんでいる。まだ夢の中にいるんだな。もう一度横になろうとした時。

「夢ちゃいますよ」

僕はすぐさま振り返ると同時に身を固くした。

「怪しいもんちゃいますよ」

見上げると、百九十センチくらいのひょろりとした三十くらいの男が立っていた。ゴスペルのクワイヤーが着るスモックみたいな服を着ている。その真っ白で清潔感のある服からは想像できないくらい、顔はやつれ、髭は伸び放題だ。何とも言えないアンバランスさだ。

「あの、あなたは誰なんですか？　失礼でしょう、ひとの枕元に立って」

男は言った。

「あの、少し寝ぼけてはるみたいですけど、ここがどこで私が誰で、自分がどのような状況か、知りたないです？」

確かに、ここはどこなのだ。この男は？　僕はどうしてこんなところにいるのか。

「あなた、ほんまに急やったから、分からへんのも無理ないですわ。最後の日、あなた忙しかったですもんねえ」

最後の日？

「そう、最後の日、暑かった日ですわ。気温が朝の九時から三十度越え。あなたの職場、エコとか言うて、温度高う設定してましたもんね。みんなを集めて説教一時間。その後、責任者ルームで、夏の講習の申し込みに目を通してる時、急な頭痛と吐き気に襲われたの、覚えてますか？　スタッフは、お昼のお弁当を持って行ったとき、初めて気が付いたんです。あなたが吐物まみれで椅子からずり落ちていたことに。救急車が来たけど、近くの病院に頭が診れる医者がいなくて。で、何だかんだであなた、手遅れになりましてん。まあ、急すぎて、苦しみもクソも無かったんがせめてもの救いですわ。で、ここは、あの世とこの世の中間地点。え？　私？　私、山本言います。心臓の持病があって働けず、アパートにひっそり暮らしてたんですけど、ある時心臓発作を起こしましてね、それっきりです。あまりにもいい事も悪い事もしていなさすぎて、天国行ったらええのか、地獄行ったらええのか、神さんも分からんいう事で、経験値増やすためにしばらく下に戻っていいらしいんです。私のペア、あなたらしいんです」

ペア、この山本とペア。五十年間、一生懸命生きてきて、この得体のしれない男とペアになり、地上に戻るというのか？

「あなたの事情は理解できるとして、僕は真っ直ぐ天国でしょう？」

山本はちょっとふてぶてしく言った。

「ま、そこらへんは神さんが選別することですさかい、私には分かりません。それより、もうすぐ地上行きの滑り台、滑る時間です。急ぎましょ」

頭がぼんやりしている。夢かもしれないという疑わしい気持ちだったが、出遅れまいとする意識が働き、山本に何とか付いて行った。レモン色の地面の真ん中に、ぽっかりと穴が開いていて、二人で滑れるウォータースライダーのような虹色の滑り台がある。

「さあさあ、はよ座ってください。ほな、行きますよー」

僕が座ると山本は僕の手をがっしりと掴んだ。

「じゃ、しゅっぱーつ」

覚えているのは山本のべっとりと汗ばんだ手。そして虹色の筒状の滑り台をグルングルンひねられながら落ちていったこと。気が付いた時、どこかの家の庭の芝生の上だった。目の前に5歳くらいのおかっぱの女の子が立っている。

「おはよう。ムギ」

ムギ？　僕はしゃがんでいるのか女の子の目線と同じ高さだ。どこかで見た事のある顔だが思い出せない。えーっと、と、手を頭に置こうとしたその時、

「えーーーーーーーっ」

僕はその時初めて体の異変に気が付いた。自分の目の前を横切った手にびっしりと毛が。い、いぬーと言ったつもりが、実際には、

「う、うおーーーーーーー」

だった。僕は、女の子のすぐ後ろの窓ガラスに自分の姿を映した。犬だ。ラブラドールレトリバー、隣の家にもこの犬種がいた。薄茶色のオスの。ん？　隣の家？　隣の家にそっくりな庭。いや、隣の家の犬のムギじゃないか。右手を上げてみる。左手を上げてみる。右手を上げないで左手。何やっているんだ。あー、僕は犬になっている。こんなことが起きるなんて。その時、小さく女の子が囁いた。

「あのー、山本ですー。覚えてはりますよね。こっちはこんな女の子に生まれ変わったみたいですわ。それにしてもあなた、犬とはねえ。ま、この姿でしばらくがんばりましょ」

そんなこんなで犬生活が始まった。ここのうちでは、どうも玄関土間までは僕の生活エリアらしい。あがりかまちを上がろうとすると、ばあさんがすかさず、

「ムギちゃん、だめよー」

と阻止してくる。玄関土間は奥行きがあり、奥は台所の扉と繋がっている。ここをカリカリ足で引っ掻くとたまにばあさんが、

「ちょっとだけよ」

と煮干しをくれる。ここに来て三日目ともなると、玄関の戸は片手でガラリとスライドさせられるようになった。ばあさんはそれを見て、

「もうすぐ人間だわー。ゆいちゃんも見てごらん、ムギちゃん凄いでしょー」

と大笑いしていた。女の子の中身は山本だが、外見はゆいちゃんだ。

「ムギ、すごおーい」

中身を知っているだけに白々しい。ばあさんがゆいのおやつを取りに奥に行った途端、

「人間を癒してますねえ」

と耳元で僕に囁き、にやりとする。うるさいよ、とゆいを小突いたつもりが、

「あーら、お手をしてるじゃなーい」

と奥からばあさんが帰ってきて、ゆいにお手をしたことにされてしまう。面倒だから玄関の外に出る。

（がらっ）

「わー、また開けた。上手ー」

やんやしているばあさんとゆいを残し、外に出た。

玄関の芝生は青々した良い匂いだ。空は晴れ、紋《もん》黄蝶《きちょう》が飛んでいる。こんなのんびりしたのはいつ振りだろう。毎日家と職場の往復だけだった。妻や娘と生活時間がずれていて、ここ十年ほど、食事もほとんど一緒に取っていない。最近の妻や娘はどうしているだろう。隣の、元僕の家との塀に足をかけ覗いてみた。カーテンは閉まっている。誰もいないのか。そう思った時、門がぎーっと開いて、娘のハナが自転車で帰って来た。

「ハナーーー、お父さんだよ、ハナーーー」

と言ったつもりが、やはり、

「わおんわうわうーーー」

と犬の声しか出なかった。塀に飛びついてピョンピョンし、必死にハナに訴えかけた。

「ムギちゃん、どうしたの？　じゃあね」

ハナが玄関ドアに手をかけようとした時、後ろから妻の弥生が帰って来た。

「早かったね」

ハナが言うと、弥生は、

「今日は半ドンにしてもらって、昼から役所と銀行。お父さん亡くなった手続き。やっと、だいぶ終わったわ」

と少しほっとしたように言った。弥生は少し痩せた

ように見えた。

「本当に突然だったからね。お父さんも自分がこんなに突然死んじゃうって、思ってなかっただろうね。もう何年もゆっくり話も出来なかったけど、どんなこと考えてたんだろうね」

「お母さん、平気？」

ハナが尋ねた。

「うん、ハナがいるから。ハナこそ平気？」

弥生が尋ねた。

「うん、お母さんいるし、受験勉強あるし」

二人の話を塀にへばりついて聞いていた僕は、涙が出た。二人がたくましく、健気に思えた。二人とパチッと目があった。

「さっきからムギちゃん、構って欲しくてアピールしてるんだけど、なんか涙出してるね」

ハナが言うと、弥生は僕を見て言った。

「うーーん、目の病気かもね」

そう言って僕の頭をくりくりと撫でて家に帰って行った。（僕だよ。慎司だよ）伝わるはずもなく僕は一人芝にへたり込んだ。ふー、とため息をついて頭に手を置いた。次の瞬間、ゆいが玄関から飛び出してきた。

「ばあさんが大変や」

山本の口調のゆいに引っ張られて行くと、玄関土間で、ばあさんがうずくまっている。

「立ち上がろうとして、ふらーと座り込んだんや、どないしよ」

僕は山本に言った。

「僕達じゃ何もできない。弥生呼んで来て」

弥生は看護師だ。ゆいは門を飛び出し、隣の家の呼び鈴を押した。大変大変と繰り返すゆいを抱っこして、ただ事でないと、弥生とハナが慌ててやって来た。弥生はばあさんをそーっと寝かせると、

「分かりますか？　大丈夫ですか？」

と声を掛けた。

「ごめんなさいね、少し貧血かしらね」

ばあさんが小さな声で言った。脈を取りながら、

「念のため救急車呼びましょうね。ハナ、お母さん、西田さんに付き添って病院行ってくるから、ゆ

いちゃんとムギちゃん、お願いね」

　弥生は保険証やお金、自分の荷物など用意すると、ばあさんと救急車に乗って、病院に行ってしまった。

「ゆいちゃん、お姉ちゃんと待っていようね」

「うん」

　ゆいは素直にうなずいた。僕は、ハナとゆいの間に伏せをする格好で寝そべった。ふーっとため息をつき、やれやれと手を頭に置いた。

「ムギちゃん、頭に手乗っけてるー。このポーズ、うちのお父さん、よくやってたんだよね」

　ハナは言った。そうだよ、お父さんだよ。僕は心の中で叫びながら、すりすりしてハナが気づいてくれるよう願った。

「ムギちゃん、ねこみたい。かわいいね」

　ハナは僕ののどのあたりを撫でると、

「さ、何してあそぼっか、お絵かき？　お人形遊び？」

と、ゆいと家に入って行った。

　三時間ほど経っただろうか。辺りがうっすらと暮れてきた頃、ばあさんと弥生がタクシーで帰って来た。

「ハナちゃん、弥生さん、すっかりお世話になっちゃってごめんなさいね。ゆいの母親は産後まだ病院にいるから知らせないでおこうと思うのよ。ゆいの父親には一応知らせたけど、大阪に住んでいて、週末しかこちらに来られないって。まあ、お医者さんは検査の結果異常無いし、一時的なことだろうって。本当にありがとう」

　ばあさんは弥生たちに礼を言うと、ゆいを連れて家に入っていった。弥生とハナは、

「何かあれば遠慮なく言ってくださいね」

　そう言って帰って行った。残された僕は、玄関土間に置かれた犬用ベッドで眠った。

「あの、起きてもらえます？　私です。山本ですー」

　関西訛りの声がした。子供の声。目を開けるとゆいが立っている。

「犬やのに、よー寝てますねえ。ま、無理ないですね。今日はびっくりしましたね。それにしてもあなたの奥さん、てきぱきなさってましたねえ。それに

ハナさん、いいお嬢さんですね。優しくてかわいくて。ゆいの面倒しっかり見てくれてましたよ」

「そうだよ。だから僕は仕事に集中出来たんだよ。でもな、何にも伝えてやれなかった」

「私が伝えますやん」

「えっ。でも、何を伝えたらいいのか。改めて考えると分からないよ」

「でも、何も言わへんのも寂しいんでしょ。ええから行きましょ」

ゆいに引っ張られて元我が家の玄関に立つ。ゆいが呼び鈴を鳴らす。ほどなくして弥生とハナが出て来た。

「どうしたの？ おばあちゃんは？」

弥生が尋ねた。

「おばあちゃん、さっき寝たの。あのね、おじさんから伝言頼まれたの」

ゆいが言った。

「おじさん？」

ゆいは弥生とハナの質問に答えず、僕をちらりとみた。僕は言った。

「突然逝ってしまってごめん。今まで本当にありがとう。弥生、大好きだよ。ハナ、大好きだよ。君達は沢山幸せをくれた。これからは君達の幸せをずっと見守るよ」

僕は泣きそうになるのを必死でこらえた。ゆいが同時通訳者のようにそれを弥生とハナに伝える。

「最後に一つ、お父さんの薄いグレーのジャケットのポケットに、イチゴのチョコバー入ってるから、あれ食べていいからな」

ゆいがそれを伝えると、弥生とハナの目に涙が満ちた。

「そんな…」

弥生の目から涙がこぼれた。イチゴのチョコバーは僕が決まってスーパーで買っていたものだった。ゆいは言った。

「それだけ、じゃあね」

ふーとため息をついて僕は頭に手を乗せた。それからばあさんの家に戻った。玄関に入る間際、塀のところからハナが、

「お父さん」

と呼んだけれど、僕は振り向かなかった。

早朝、気が付くとゆいとムギが犬用ベッドで寝ていた。僕はそれを見下ろしている。ん？ 人間の姿に戻っている。あぐらをかいて座る僕の目の前に大きな人影が現れた。

「そろそろ行きましょうか」

促されて僕は山本と二人、朝日に向かって真っすぐ歩いて行った。

「おはよう、昨日は有難うね」

弥生とハナは、庭で遊んでいるゆいとムギに声を掛けた。が、ゆいはよく分からないという風に首をひねった。それを見た弥生とハナは、お互いの顔を見合わせ、再びゆいを見て、

「行ってきます」

と元気に門を開けて出て行った。お日様がすっかり高く上がってキラキラと輝いていた。

小中学生の部　優秀賞

あかりちゃんは、お姉さん

松永悠伽

あかりちゃんは小学一年生の、やさしいお姉ちゃん。そして、がんばりやさん。あかりちゃんには、三さいの弟、ひかるくんがいます。今日はきんよう日、あかりちゃんは、一週間の学校生活がおわってホッとしていました。するとひかるくんが、

「お姉ちゃん、おり紙しよう」

と話しかけてきました。あかりちゃんは、しゅくだいがあるのにと思いましたが、あそんであげることにしました。ひかるくんにふうしゃや犬をおしえてあげました。ひかるくんがよろこんでくれている顔を見て、うれしくなりました。するとこんどはお母さんによばれてしまいました。

「あかりちゃーん。ちょっとはなしがあるんだけど、いい?」

「なーに?」

「明日ね、歯医者さんに行く日なんだけど、一人で行けるかしら」

きゅうなおねがいにあかりちゃんはびっくりしてしまいました。あかりちゃんは、一人で歯医者さんに行ったことがありません。でも歯医者さんは家からとても近く、もう道もわかっています。

「いいけど…」

「よかった。助かるなぁ。明日ひかるのほいくえんのせんせいから、おでんわがあるらしいの」

ふあんなきもちもあったけれど、お姉ちゃんだからがんばろう、と自分に言いきかせました。かぞくでよるごはんを食べているとき、

「ほけんしょうとしんさつけんをうけつけで見せるのよ」

とお母さん。

「おぉ。すごいなぁ。一人で行くのか」

とお父さん。

「すごーい」

と、ひかるくん。あかりちゃんはますますがんばろうと思いました。

　どようび、いつもよりすこしはやいじかんにおきてしまったあかりちゃんは、いちばんすきなふくをえらんで着ました。きのうよういした、だいすきな『からすのパンやさん』の絵がついたポーチの中をかくにんして、かたから下げてみました。かがみを見たあかりちゃんは、

「これでよし」

と、にっこりしました。スキップをしながらリビングに行き、げんきよくあいさつをしました。

「おはようございます。お母さん、見て」

「おはよう、あかり。じゅんびばんたんね」

　さあ、大切な一日のスタートです。九時四十五分。あかりちゃんがしかけんしんのため、歯医者さんにしゅっぱつするじかんです。

「気を付けて行ってきてね」

「うん。任せといてよ」

「行ってらっしゃーい」

　いえをふりかえると、ひかるくんが手をふってくれていました。あかりちゃんも手をふりかえしました。そして、げんきに歩き出しました。いつもはお母さんといっしょに歩いていたみちを一人で歩いていると、とってもしずかでした。

「みぎにまがって、ひだりにまがって、みぎにまがって、ひだりにまがる」

と、じゅもんのように何回もとなえながら、いつものみちを歩きました。あともうすこし。歯医者さんのたてものが見えてきました。とびらをあけると、よいハーブのかおりがしました。

「おはようございます」

あかりちゃんは言いましたが、みんないそがしくて気づいていないようです。一人でうけつけに行って、

「あのう…おはようございます」

と、もういちど言いました。

「あれ、おかしいな。声がしたはずなんだけど」

そうです。カウンターがたかくてうけつけの先生にはあかりちゃんが見えていませんでした。こんどは、デンタルノートをカウンターに出してジャンプしてみました。

「わぁ、びっくりしたぁ。ごめんごめん、あかりちゃん。あれ、ひとりできたの？」

やっときづいてくれました。あかりちゃんはうれしくなって
「一人でーす」

と言いました。うけつけの先生がノートの中のほけんしょうをチェックしました。

「ありがとう。あらら、これ、クレジットカードだよ」

「くれじっとかーど…？」


おかあさんのせいだ、とおもったあかりちゃんは、なきそうになりました。うけつけの先生は、

「お母さん、きっとあわててたんだね」

と言って、クレジットカードを見せてくれました。

「大丈夫。お母さんにでんわしておくから」

先生がやさしく言ってくれたので、あかりちゃんは、なくのをこらえました。まちあいしつであかりちゃんがしずかにすわってまっていると、ひかるくんくらいのおとこのこがお母さんといっしょにやってきました。そのお母さんはおとこのこに話しかけながらなだめていましたが、いっこうになきやみません。そのとき、こんな声がきこえてきました。

「ほら、あのお姉ちゃんは、しずかにすわっているでしょ。みならってごらん」

あかりちゃんははずかしくなって下をむいてしまいました。するとこんどはおおがらなおとこのひとがきて、あかりちゃんのとなりにすわりました。ほおをおさえていたそうにしています。むしばかなぁとそうぞうしていると、あかりちゃんまでいたくなってきそうでした。

しばらくして、しかえいせいしさんにどうぞ、といわれてしんさつしつの中に入りました。まず、いつものしんさつだいにねころがると、まえかけをえらびます。あかりちゃんは今日お姉さんにせいちょうした気がしたので、おとなようの白いまえかけをえらびました。しかえいせいしさんにつけてもらうとき、

「あかりちゃんはおとなようでいいの？」

と言われました。

「はい。今日は一人で来ているんです」

「へぇ、すごいね。それならもう、お姉さんだ」

そう言われてまたうれしくなりました。おとこの先生がきて、

「それでは始めますね」

と言ったので、あかりちゃんは大きく口をあけました。いつもとかわらず、歯ブラシでみがいてもらっていると、まちあいしつでとなりにすわっていたむしばのおとこのひとが入ってきました。そして、おくのほうのしんさつだいに行くのが見えました。ふつうのひとは行かないところなので、あかりちゃんはすこしきょうみがわいてきました。そんなうちに歯みがきがおわって、

「今日ははやくおわったから、レントゲンもとろうか」

と言われました。あかりちゃんには、歯医者さんのたてものの中で一つだけこわいへやがあります。なまえはわからないけれど、とてもくらいへやです。もしかすると、そこに行くのではないか、とおもいました。すると、ほんとうに先生が入って行くではありませんか。あれがレントゲンしつかぁ、とおもいながらこわごわ先生のあとにつづいて入って行きました。しじにしたがってじゅんびをしていると、さらにこわさがましてきました。先生がレントゲンしつから出ていき、こべやにはあかりちゃんがひとり。それからなにかがはじまりした。あかりちゃんがあごをのせているだいのまわりをなにかがうごいています。きみょうな音がします。あかりちゃんは目をつぶりました。でも、そのときドアがあいて先生が

「おつかれさまー」

と入ってきました。小さかったころはこべやに入っているじかんがとてつもなくながくかんじていましたが、今日はそんなにながくはかんじませんでした。

レントゲンしつから出るとまたきみょうな音がきこえてきました。その音はさっきのおとこのひとのほうからきこえます。キーン、キーン、キーン。なにをしているんだろうと、見ていると、しかえいせいしさんがやってきて、

「あのひとは、むしばのちりょうをしているの。歯をけずって、つめものをかぶせるんだよ。いたそうだね。だから、あかりちゃんはむしばにならないようにしっかり歯をみがこうね」

「はい。がんばります」

あかりちゃんはぜったい、むしばになるもんか、とつよくおもいました。

ぶじにすべてのようじがしゅうりょうしたあかりちゃんはおみやげをもらいます。おもちゃが入っているたなのところまで行くと、さっそくえらびはじめました。いつもは『おもちゃ消しゴム』とかかれているおんなのこようのかごからすきなものをえらびますが、今日はまたまたお姉さんに成長した気がしてこう思いました。ひかるのよろこぶおもちゃをもらおう。そして、『ミニチュア恐竜』とかかれたかごに目をむけるとひかるくんがきょうりゅうの中でいちばんすきな、ティラノサウルスをさがしはじめました。ですが、なかなか見つかりません。そのとき、通りすがりの先生に、

「なにをさがしているんだい」

と言われてしまいました。

「えっと、ひかるのティラノサウルス」

「そうなんだ。じゃあ、ないしょで」

と言って、おくからよびようのミニチュアティラノサウルスをとってきてくれました。あかりちゃんはまたまたうれしくなって、

「ありがとうございます」

と、大きな声で言いました。とてもまんぞくしたかおでまちあいしつのいすにすわっていると、うけつけの先生に

「おつかれさまでした」

と言われて、デンタルノートと、ほけんしょうとまちがえてしまったクレジットカードをかえしてもらいました。これであとはいえにかえるだけです。

歯医者さんを出て歩いているとちゅう、なんかいもポーチの中にある、ひかるくんのためのティラノサウルスをおとしていないかたしかめました。いえまであともうすこしのところで、

「あかりちゃーん」

ときこえました。前をむくとお母さんが手をふっています。

「ただいまー」

ホッとして走り出しそうになりましたが、じこに合わないように歩いていえにかえりました。

「一人でだいじょうぶだった？」

「うん。一人で行ってこれたよ」

「先生から、ほけんしょうがクレジットカードだった、ってきいてびっくりしたの。ごめんね」

「いいよ。あ、そうだ。ひかる、これおみやげ」

「わぁ、ありがとう」

ひかるくんは大はしゃぎです。お母さんはそのようすをおどろいたかおで見ていました。本当に大きくなったな、というように。

その日、よるごはんのメニューはあかりちゃんの大すきなハンバーグでした。あかりちゃんはおいしそうにほおばりながら、今日あったできごとをかぞくのみんなにはなしました。

総評

八束澄子

本年度の童話部門の応募総数は25編。一般の部13編、小中学生の部12編でした。コロナの長引くなか、数こそ微減でしたが、作品世界は多様で、書き手たちが真摯に作品と向き合う姿勢が伝わり、読み応えがありました。

大賞の『写生会』は、小学五年生の里沙と穂乃花、ふたりの少女の心が少しずつ近づいていく様子が丁寧な筆致で描かれていて、さわやかな余韻を残します。とりたてて事件がおこるわけではないけれど、二人の住む漁村の景色まで浮かんでくるようで、作者である原田さんの世界を見つめるまなざしの確かさを感じました。

一般の部優秀賞の『健太の戦争』は、今まさに書かれるべき作品です。お腹に新しい命を宿した身で、夫を戦争に送り出さざるを得なかったお母さんの心情が、現在のウクライナの人たちと重なって見えてきますし、空腹に耐えかねて、妹のおかゆを食べてしまった健太の一生続く後悔が、重く読者の胸に迫ります。

小中学生の部優秀賞の『あかりちゃんは、お姉さん』は心温まる作品です。ひとりで歯医者に行くことになったあかりちゃん。肩をいからせて歩くあかりちゃんの張り切った様子が目に浮かびます。弟のためにごほうびを選ぶあかりちゃんの成長がまぶしいです。

一般の部佳作の『隣の犬と女の子』はなんとも不思議な雰囲気の作品です。突然死したはずの僕は、やはり死んでいるはずのおかしな男に連れられて、隣の犬となって現世にもどってきます。残してきた妻と娘への伝言が切ない、うまくできたファンタジーですが、どこか既読感を感じてしまうのが惜しまれました。

現代詩部門

大賞（一般の部から）

今日の希望

鹿毛　美保子

新聞配達のバイク
犬の散歩
少しずつ増えていく車

眠れなかった私を置き去りに
一日が始まる音

ぼんやりと眺める
東の空に
白い気配が立ち上がり
手を伸ばし

やがて
金色の光に変わるまで
咳がようやくおさまると
遅い眠気が訪れる

今日という日に私がいない
教室の隅の私の机
誰も座らない椅子

私のことを
少しでも
思い出してくれる人はいるかしら

私を忘れないで
私を忘れないで

遠い昔のことなのに

朝の気配を感じると思い出す
つらい記憶

それでも私は朝が好き

夜明け前の
いちばん暗い時間を
ひとりで耐える
あの美しい光に出会うために

評

朝の早い時間に今も時おり襲われるフラッシュバック。五連に当時のつらい体験のことがさりげなく綴られています。「それでも私は朝が好き」の一行は、読む者にも希望を持たせてくれます。あの日があったからこその人生を輝かせて生きていってください。（田尻　文子）

一般の部　優秀賞

ひまわり

朝倉彰子

先生からもらった
ひまわりの種
種を蒔いたのは庭の片隅

夏の間
太陽の光を
いっぱいあびて
大きく育った
黄金色に輝く
一輪のひまわり

夏も終わり
ひまわりは黒く枯れた
一粒の種から
何十倍もの種になって
袋に詰められ
教室に集められた

「だれかのやくに　たつんだって」

ひまわりは毎年
子どもの数だけ
村に咲いた
新学期には
黒い種はどっさりと
集められ
どこかに運ばれていった

「誰かの役に　立つんだって」

子どもたちの戦後は
ひまわりといっしょに
過ぎていった

いま
子どもたちの
いなくなった集落を
埋め尽くす
ひまわりの花

夏休みには
スマホ片手に
子どもたちが
大人と一緒に
集まってくる

ひまわりは

いまでも役に立って
けなげに
凛と
黄金の光を
放っている

評

淡々と書かれていますが、歴史的なものも含めて、歳月の重さを感じさせます。小さな一粒のひまわりの種が多くの花を咲かせていくことは、楽しみでもあったでしょう。「だれ（誰）かのやく（役）にた（立）つんだって」のフレーズが効果的に使われています。（田尻　文子）

源翁と猫

山口　蓮

「ねこ、ねこはいいですよ」
源翁はバシャバシャと笑った
猫好きな源翁はいつもそう笑う
「ねこは、ごろごろいうのです」
源翁の真剣な顔は木の幹のよう
触るときっとゴツゴツしている
「ねこは、着の身着のままなんです」
源翁はこの山の上の一軒家で
もう四十年も暮らしている

「ねこは、万病を治す薬なのです」
源翁が人差し指をシュッと立てるとき
からなず木々がざわめきだす

「ねこが居なければ人類は滅亡します」
源翁は話しに熱がはいると鼻息が荒い
髭がそれに煽られてそわそわ動く

「ねこは、姑息で気高いです」
源翁は笑うと皮膚からケソケソと何か落ちる
源翁が苔むしているのはそのせいだ

「ねこは、ねこは……」
源翁は猫の話をしながらねむる
そして一ヶ月は眠り続けるのだ

評

源翁とは何モノでしょうか。興味をそそられる魅力的な作品に仕上がっています。すべての連が三行にまとめられていて読みやすく言葉がストレートに伝わってきます。

一度源翁に会って猫の話を聞いてみたいと思いました。

（田尻　文子）

一般の部　入選

瞼の中で虫を飼う

岡本理恵

期日までに提出必須の課題に必死で取り組む
もうほとんど猶予が無い

夜、なかなか寝付けず部屋の明かりを全て消した
目を閉じる
視界いっぱいの真っ黒は、瞼の裏か、部屋の中か
黒で塗り潰された世界
嫌でも目に入る黒
やがて黒が蠢いて
蟻が一匹、蟻が二匹、蟻が三匹、蟻が四匹
蟻を数えて蟻を数えて蟻を数える

ただ時間が過ぎていく
冴え冴えとする意識
眠る方法を自問する
はっきりとした頭なのにはっきりしない
答えが分からず、ただ困惑
眠れない眠れない眠れない
眠らなきゃ眠らなきゃ眠らなきゃ
眠れない眠れない眠れない
眠りたい眠りたい眠りたい

狭いケースで羽根を震わす
カブトムシはケースの蓋に体当たり
蓋を押し上げ外の世界へ

戻っておいでカブトムシ
壁にぶつかり床を這う
蟻よりもっと大きな黒
掬い上げ、救い上げ

優しくそっとケースの中へ
お休みなさいカブトムシ
瞼の中の真っ暗闇
闇に潜むはカブトムシ
飛んで行かないように
優しく堅く閉じ込める

評

眠れない夜に、瞼の中に蟻が出てきてカブトムシが出てくるという発想がおもしろかったです。眠れない夜に作者が体験した真っ暗闇での格闘が、目に見えるようです。何度読んでも不思議な詩ですね。

（田尻　文子）

小中学生の部　優秀賞

ありがとう

三宅結女

ありがとう　人形を買ってくれて
ありがとう　ぬいぐるみを買ってくれて
ありがとう　机を買ってくれて
ありがとう　自転車を買ってくれて
ありがとう　いろいろな所に
　　　　　　連れて行ってくれて
ありがとう　美味しい物をたくさん
　　　　　　食べさせてくれて
ありがとう　母さんに怒られている私を
　　　　　かばってくれて

ありがとう　たくさん言いたいのに
今度は私が　ありがとうって
　　　　　言ってもらえるように
いっぱい　お返ししたかったのに
どうして　こんなに早く死んでしまったの
おじいちゃん　私が泣くと直ぐに
　　　　　そばに来てくれたよね
おじいちゃん　私泣いているよ
だから　会いに来てよ　おじいちゃん
ありがとう　言わせてよ　おじいちゃん

評

「ありがとう」のくりかえしで、とてもよく気持ちが表れています。読み進めていくと、大好きだったおじいちゃんが亡くなったことがわかります。
　言えなかった「ありがとう」はきっとおじいちゃんに届いていると思いますよ。

（田尻　文子）

小中学生の部　佳作

空はま法のおかし屋さん

羽田心和

「あのわたあめ、どこから食べる?」
「うーんてっぺんからぱくっといくかな。」
「私は横からちぎって食べる。」
自転車の帰り道
目の前の空にひろがるもくもく雲。
どう見たってわたあめ
口に入れたらふわっととけて、
甘さがぽっと広がる。
お日様が西にかたむくと
わたあめはまぶしいオレンジや、
やさしいピンクに色づいて

色つきコットンキャンディに大変身。

雨あがりの空
「あ！ 見て。大きな虹がでてる。」
虹のたもとから丸くまいて、
わりばしにさしたら
大きなペロペロキャンディのできあがり。
いちご、オレンジ、パイナップル、マスカット、ブルーベリー、ぶどう
色々なフルーツの味がする。

夜空にぼわんとまあるく光るお月様。
満月は、シロップがたっぷりしみた、
パンケーキ。
ナイフで切って
口に入れたら
じゅわっとシロップがしみだして
幸せな味が広がるよ、

細くてうすい三日月は、
焼きプリンのこげたカラメルソース。
指でそっとつまみ上げ
口の中にほおりこむと
パリンとこわれて
苦くて甘い大人の味が広がるよ

空はま法のおかしやさん
空にうかぶま法のおかしをながめていると、口の中にあまい味が広がる。
いつか食べてみたいな夢のおかし

評

はじめの三行がとても上手に書かれていて、ハッとさせられます。雲をおかしにたとえた表現がくわしく、楽しく書かれています。よく見てよく観察して書かれた作品だと思います。おわりのまとめ方も気持ちがよく出ています。

（田尻　文子）

小中学生の部　入選

にちようび

長井朝輝

ぼくはまいしゅうにちようび
いちばんにめがさめます
つぎにおきるのはいつもままです
そのつぎにおきるのはいつもぱぱです
さいごまでおきないのは
ぜったいにおにいちゃんです

みんなでてれびをみながら
おかあさんのあさごはんをまつのがたのしいです
さあにちようびのはじまりだ

評

にちようびのあさの、いえのなかのにぎやかなふうけいがみえてくるようでした。「さいごまでおきないのは／ぜったいにおにいちゃんです」は、おもったことが、すなおにかけています。

きっと、たのしいにちようびになったことでしょう。

（田尻　文子）

総評

瀬崎　祐

今回の現代詩部門は、一般の部の応募者十七人、三十三作品で、小中学生の部の応募者六人、六作品でした。一般の部の応募状況は昨年とほぼ同様でしたが、小中学生の部の応募はかなり少なくなってしまいました。次回からは、各学校への募集要項の送付時期などについて検討していきたいと思います。

田尻文子氏と私の二名で審査に当たりましたが、まずそれぞれが一般の部で五、六編ずつ、小中学生の部で三編ずつピックアップした作品をつきあわせ、賞の選考対象を絞りました。この時点で、一般の部からは八作品、小中学生の部からは四編が残りました。なお、二人の選者のピックアップが重複した作品は、一般の部、小中学生の部ともに二編でした。このあと、対象作品について一編ずつの検討を行いました。

その結果、全応募作の中からの大賞として「今日の希望」を選出しました。これまでの人生の苦いものを反芻しながら迎えた朝だったわけですが、そこからの前向きな気持ちが清々しいものでした。

一般の部の優秀賞「ひまわり」は、思いを表現する言葉が過剰になっていないところが秀逸でした。体言止めの表現にもリズム感が巧みに出ていました。佳作の「源翁と猫」は猫を語る翁が次第に大自然の主のような面持ちになっていく面白さがありました。入選の「瞼の中で虫を飼う」は中ほどの「眠れない」「眠らなきゃ」の部分の感情表出がいささか浅く感じられました。

詩では、語るべき言葉と対峙することが求められます。作品の成立に必要な言葉か否か、不要な説明になっていないかどうかを、ぎりぎりまで自問したいものです。

小中学生の部の優秀賞「ありがとう」は、亡くなったおじいさんへの感謝の気持ちが悲しみとともに素直にあらわされていました。佳作の「空はま法のおかし屋さん」は、読む人にもいろいろな色や形を想像させて楽しい作品でした。入選の「にちようび」には本当にわくわくするような気持ちがいっぱいでした。

詩には自分だけの発見をする面白さ、楽しさがあります。ほかの人が気がついていないことをさがすことができたら、それはすばらしいことです。

来年も多くの作品と出会えることを期待しています。

短歌部門

一般の部　大賞

向日葵

滝口泰隆

かわたれを歩きゆくとき向日葵が聖母の静けさに立っていた

向日葵がスカイツリーのごと伸びてミサイル攻撃する自衛隊

読み返す緋色の時代の日記には「生まれ変わるなら向日葵の種」

評

向日葵を題材に、豊かな感性と斬新な発想で詠みあげた大賞作品。薄闇に咲く向日葵を聖母の清らかさと詠み、巨大化した向日葵を撃つミサイルに戦争を予感。旺盛な生命力を思う緋色、そして生まれ変わるなら向日の種にと願う純粋な作者である。

（野田たき子）

一般の部　優秀賞

父のノート

赤垣　千枝子

遠き田に時雨に濡れつつ働きゐし父の姿の眼裏にあり

「稲作ノート」の文字だんだんに大きくなり八十歳にて農終へし父

亡き父の「菜園ノート」に記さるる「幸福枝豆」われも蒔いてみむ

評

僅か三首で、農業に生涯を終えた父を愛惜の念を込めて描き切った見事な秀作。時雨のなかで農作業に励む父の姿を忘れえず、だんだん大きくなってゆく「稲作ノート」の文字によって父の老いを感じ取る。父の死後も「幸福枝豆」の栽培によって父との絆は続く。

（野田たき子）

一般の部　佳作

酷暑広島

氏平サナエ

閃光に慄く母の子宮に居て胎内被爆のわれ産まれたり

ピカドンに遭ひたる姉のケロイドの肘その冷たきを今も忘れず

今年また酷暑巡り来八月六日八時十五分われ黙祷す

評

胎内被爆者である作者の生々しく迫力ある描写が読む者の胸を打つ。七十年以上もの間、姉のケロイドの肘の冷たさを忘れられずにいる作者。今年も万感の思いで八月六日を迎えられたであろう。原爆投下を決して風化させてはならないと改めて思う。

（野田たき子）

一般の部　入選

「音符を拾う」から

夕焼けのトランペットは寄せ返す波に合わせて音符を拾う

萩原文彦

「夢の欠片」から

子は巣立ち手元に残る母子手帳今も息づく夢の欠片よ

萩原節子

「風のきて」から

仏壇の夫と語らむ刻ながく旬の空豆その美味なるを

茅野和子

「水島の町」から

海沿いの工場群の煙突の真上に夏の満月白し

豊田冨美子

「古里」から

黄金なす父丹精の稔り田を祖父の服着た案山子が見張る

鷹取京子

小中学生の部　大賞

ふき出した汗がしたたるフロアーに足踏んばってアタック決めた

三宅　蓮太朗

評

バレーボールの試合における決定的瞬間を的確に捉え、みずみずしい感性で詠みあげた大賞作品。ふき出した汗のしたたるフロアーに、作者は滑らないよう注意しながら足を踏ん張ってアタックを決めた。会場の大歓声も聞こえて来そうな迫力ある表現だ。

（野田たき子）

小中学生の部　優秀賞

さんさんと太陽照る中走り出すもうすぐ始まる十四の夏

三宅　善

評

間もなく迎える十四歳の夏。「さんさんと太陽照る中走り出す」という快いリズムのなかに作者の弾む気持ちが伝わってくる。時は瞬く間に過ぎ去り青春時代は二度とない。悔いのないよう十四歳の夏を思い切り楽しんでください。

（野田たき子）

小中学生の部　佳作

友達と大喧嘩をした教室で明日はぼくから仲直りしよう

井上　陸

評

作者にとってかけがえのない友達。いつも仲良くしていたのに、些細なことで大喧嘩。悔いの残る喧嘩別れ。少年時代によくある経験。「明日は僕から仲直りしよう」と詠む作者の素直さが読む者を爽やかな気分にしてくれる。

（野田たき子）

小中学生の部　入選

七夕にあの日の真備がよみがえる願った復興助けに感謝

縦野聖河

げん関にスイカの皮を置いてみるカブト虫さんココだよえさは

野村翔

青春は蒸し風呂のようなその場所で汗水流す中2の私

児玉乃々葉

周りから聞こえ続ける歓声が全てを出し切る最後の直線

萬木花菜

深呼吸すべての思いラケットに踊る心臓跳ねるピン球

渡邊真悠

総評

野上洋子

　今年度の応募数は、一般から四一作品、小中学生から一四四作品寄せられ、昨年とほぼ同数で、短歌への興味が継続していることがうかがえて大変うれしく思いました。審査員二人、真摯に意見を交わしあい各賞を決めさせていただきました。

「一般の部」は三首ひと組で評価されます。題名にそったテーマが三首を通してなければなりません。その中に一首、あるいは二首秀作があったとしても、外さねばならないことがあり残念でした。大賞・優秀賞・佳作にはその点が確としてあり、さらにご自分の現在の姿が投影されており甲乙つけがたいものでした。

　ひとつ助言させていただくと、過去の思い出は見事に詠えていても、現在の作者の姿が見えてこない作品は、単なる「報告」になってしまいます。これは叙景歌も同様でそこに作者の思いが重ねられていることが大切です。

　大賞の「向日葵」は飛躍してゆく発想力。底流に平和への希求が透徹していることが決め手となりました。

　優秀賞の「父のノート」は亡き父への思いを抒情的に詠いつつ、回想に終始していないところを評価しました。

　佳作の「酷暑広島」は実体験（厳粛であり残酷な）を感情に溺れず、客観的に詠われた迫力あるものでした。

「小中学生の部」は一首ごとでの評価です。中学生からは「一般の部」に負けない作品が多く寄せられました。

　大賞の歌は、臨場感に満ち表現力も高く非の打ちどころがありません。作者の今後に期待しています。

　優秀賞の歌は、溌剌とした十四歳の希望に溢れていて、おもわずエールを送りました。

　佳作の歌は、純真さがそのままに表れています。

　小学生からの作品はいずれも私たち大人の忘れてしまった純真さがあり胸をうたれました。

　寄せられた一四四首のなかの次の歌には思わず微笑んでしまいました。

　　先生に言われてつくる短歌はさなんだかパッとしな
　　いんだよな

　この歌を作ったセンスはすばらしい。でも、これも短歌に親しむきっかけにもなるのですよ。短歌に親しむことは人生の豊かさにつながります。先生方のご指導に心から感謝いたします。

俳句部門

一般の部　大賞

青海原

渋谷邦子

潮の香も共に踏みたる落葉径
山茶花の垣根を過ぎて光る海
出航のフェリー見送る冬鴎
釣り上げし鮃暴るる防波堤
着ぶくれて青海原を俯瞰する

評

それぞれの句から、作者は静かな瀬戸内の海辺を歩き、句材を拾っていることが窺える。目にした景や匂いを上手く季語と合わせていて、どの句も破たんなく纏まっていた。景が見え、吟行ならではと思われる句群であった。

（小倉貴久江）

一般の部　優秀賞

花筵

花岡鈴子

孫のみな巣立ち行きけり花筵
ぷくりぷくり背戸の春子やひいふうみ
鍬一打蛙の夢を覚ましけり
百年を家婦の継ぎ来し葱の種
この峡や父祖幾代の汗泌みて

評

一句目、孫たちが巣立った寂しさが伝わって来る。二句目「背戸」という措辞から田舎の景がみえる。三句目、ふとした事をうまく詠んでいる。四句目、五句目からは山峡に代々受け継ぎ大切にしてきた暮らしがうかがえて、作者の顔が見えるようであった。

（小倉貴久江）

一般の部　佳作

観覧車

萩原節子

葉桜の木陰へ寄せし乳母車
蓮華田を黄色き園児帽走る
夏の海時計回りの観覧車
少年の自転車西へ夏岬
ラムネ飲む競技体操服を追ふ

評

一句目、二句目の発想は時折見かけるが、作者のやさしい眼差し・心もちが感じられる。三句目、「時計回りの観覧車」の発見は面白い。四句目の自転車の少年が「夏岬」に向かうという言葉から、若々しさや未来など想像する楽しさを感じた。　（小倉貴久江）

一般の部　入選

宗治の無念巻き込む落し文　「水攻め」から　山本祐二

キャンパスは練兵場跡蝉しぐれ　「八月」から　中路修平

唐金の傷夥し踏絵かな　「追憶」から　竹本房男

秋ともし畳めば小さき人生ゲーム　「花開く」から　秋岡朝子

葉表の明日へ向かふなめくじら　「揚げ雲雀」から　木口光雄

小中学生の部　大賞

まん月がついててくれる帰り道

武部　新

評

習いごとの帰りであろうか。夜道をひとり歩く自分を見守ってくれているような、「まん月」のやさしい明かりに安心感を抱きながらの帰り道。その時の気持ちを「ついててくれる」という言葉で表現したところがとても良かった。

（小倉貴久江）

小中学生の部　優秀賞

試合前コートに響くセミの声

石井美羽

評

作者はテニス等の試合でコートに立っていて、緊張している。その緊張感やドキドキしている気持ちが蝉の声と重なってより強く伝わって来る。鳴き声を耳にしながら、「落ち着け」、と自分を励ましているだろうことも句から想像できる。

（小倉貴久江）

小中学生の部　佳作

長ぐつにびっくり二つせみのから

中田　葵

評

蟬の抜け殻は木、葉っぱ、塀などについていることが多い。この子は、長ぐつに、それも二つもくっついているのを見つけた驚きを、素直に句にしている。びっくりした顔が浮かび、微笑ましく思えた。ふと目にしたことや感じたことが伝わって来る句である。

（小倉貴久江）

小中学生の部　入選

風りんが風とうきうきおどり出す　伊野　歩

たいようをあびたらできたひまわりのタネ　中田和希

ビルの外ドレープのごとき驟雨　重田朋来

花火の音歩く人達止まらせた　西山侑良

日焼けして目玉は白い歯も白い　畦坪　慶

総評

原田慶子

令和四年はまだコロナ禍の中にあり、二月に始まったロシアのウクライナ侵攻が十二月の現在も続いており、暗いニュースの多い年であった。

その中で倉敷市民文学賞の俳句部門の作品を見せて頂き、改めて俳句の豊かさを感じることができた。

一般の部44名、小中学生の部276名の参加であった。審査員二名が無記名の作品を自宅で予選。それを選考会に持ち寄り検討した。

一般の部では、五句揃って安定感のあるものを推すか、揃っていなくても一、二句特に光る句があるものを推すかについて議論の結果、全体が揃っている作品が大賞となった。

一般の部

大賞の「青海原」は落着きのある、バランスのとれた作品で安心して読むことができた。優秀賞の「花筵」は作者の堅実な暮しぶりが詠まれており、四句目は審査員二人が○をつけた。佳作の「観覧車」はもう少し的確な表現が欲しい箇所もあったが、穏やかな作品で好感がもてた。

小中学生の部

多くの作品の中から、これはと思う句を見つけるのは宝探しにも似た心地で、楽しく選句をした。

大賞は「まん月」を自分に引き寄せて、味方にしてしまった豊かな心。

優秀賞は、試合前の緊張感を上手に切り取った。

佳作は「せみのから」を意外なところに発見した驚き。

今回は828句の作品が集まった。大量の応募は、各学校の先生方のご尽力の賜物である。

しかし、作品の大半が「夏休みの宿題（課題）が多くてたいへんだ。まだ終らない。」という内容であったことは少し残念に思われた。このパターンばかりでなく、体験したこと、感じたこと、発見したことなどに目を向けて自分の言葉で俳句にして欲しい。

俳句は五七五の短い言葉でさまざまなことを表現で

きる、とても良い方法である。

俳句に関心を持って、多くの言葉で心を満たして成長して下さるようお願いしたい。

川柳部門

一般の部　大賞

罰ゲーム

難波靖子

瘡蓋は剥がれた　次の駅へ立つ

乱反射伏せ字どこまで明かされる

身の丈を越えた言葉でスベる音

一日の終りに記す罰ゲーム

ついてきているかと秒針のリズム

評

比喩・暗喩を多用した、いささか抽象的な現代川柳ですが、大賞の決め手は一句目でした。悩みが解消して次の一歩を踏み出そうとする気持ち。「瘡蓋」と「駅」が、簡明に、しかも象徴的に使われています。一字空けも、この句については有効でした。

（高木　勇三）

一般の部　優秀賞

ワンカット

竹本妙子

描きたい構図を模索して今日も
逡巡の前へ進めぬもどかしさ
スキャナーに取り込み角を削ぎ落とす
掴み取る私らしさのワンカット
ありのまま生きるわたしの指定席

評

大賞作品と同じ系列の抽象的な作品群でした。それぞれの句の裏側に作者の思いが仄見えます。特に後半の三句は、「スキャナー」「ワンカット」「指定席」と効果的な単語を使って自分の現在地をうまく表現しています。

（高木　勇三）

一般の部　佳作

千年桜

萩原文彦

善人と同居している影法師

真っ白なページに隠す雲の色

いつか咲く花になる日のランドセル

「ありがとう」心に虹の橋架かる

風の音千年桜が喋り出す

評

自分史を読むような五句でした。流れに任せて、まわりのすべてに感謝して生きる。そんな気持ちが伝わってきます。三句目の「ランドセル」はお孫さんでしょうか。五句目の「千年桜が」は中八になっていますが止むを得ないでしょう。

（高木　勇三）

一般の部　入選

窮屈なハラスメントに守られる　「蝉しぐれ」から　萩原　登

吾亦紅記憶は風と置き換わる　「涙壺」から　萩原節子

敵がみな風船になる黒魔術　「魔女」から　滝口泰隆

産声は一歩を告げるファンファーレ　「道」から　古城英男

行雲流水プライド忘れたわけでなし　「プライド」から　藤原桜山

小中学生の部　大賞

夏休みスマホとチャリがあいぼうだ

菅野颯祐

評

すっきりと五七五にまとめて「あいぼうだ」で結んだことで、句にリズムと勢いがでました。少年は自転車をかっ飛ばしてどこへ行くのでしょう。「スマホ」と「チャリ」が夏休みの解放感を余すところなく伝えています。

（高木　勇三）

小中学生の部　優秀賞

バジルの葉夏の香りは無常なり

山本涼太

評

「バジル」は七月から八月頃が旬の食用ハーブです。野菜サラダにパスタ。お母さんの料理でしょうか。あの香りと苦味に作者は何を感じたのでしょう。「無常なり」は文語調で少し変ですが、これも若さゆえの特権でしょう。

（高木　勇三）

小中学生の部　佳作

ママのかぜだれよりぼくがしんぱいだ

内藤陽翔

評

お母さんの風邪を心配する、作者のやさしさが存分に伝わってきます。特に「だれよりぼくが」のところが気に入りました。大人にはとても作れない天真爛漫の十七音字でした。

（高木　勇三）

小中学生の部　入選

ついにきたろうそく十本ふきけすぞ　谷口　晴

マスクなしこの人こんな顔なんだ　河田望愛

ぼくの学年何回聞くのひいばあちゃん　武鎗　優

妹のかがやく笑顔天の川　河野心海

受験生朝からカタカタ兄の音　野瀬七海

総評

高杉究作

本年度の川柳部門への応募数は、一般の部三十三名、小中学生の部で三十五名、前年度とほぼ同程度の応募であった。ただ、一部出句数など不備のものがあったのは残念であった。

近年、川柳人気は上昇傾向を続けているが、年々様変わりする世の中に溶けこんで時には寛容に、時には鋭く生活を詠み人を詠み、そして自分を見つめている。今回もまさにそんな句が数多く見受けられた。が、中には単に五七五を並べただけに等しい淡白な句も散見されたのも事実であった。

今年度は高木勇三さんと私の共選により審査を行い、私が総評を担当することになっていたため、この欄では大賞、優秀賞及び佳作入賞者の作品についてコメントさせて頂く。

まず、「一般の部」で、大賞の「罰ゲーム」と優秀賞の「ワンカット」は、選者二人とも優劣つけ難く慎重審議したが、タイトルに相応しい句が順序だって並び、しかもその表現力に優れている「罰ゲーム」を大賞とした。従って「ワンカット」を優秀賞としたが、この作品は常に前向きに力強く生きて行こうとする作者の心情が時系列的、かつ的確な形で表現されており、大賞との差は皆無に近いものであった。佳作については、3句目の「咲く」と、「花になる日」が微妙な重なりを感じさせたのがもったいないが、他の4句も深みを感じさせた。中でも5句目が秀逸。

次に「小中学生の部」の大賞の句は、スマホ・チャリ・あいぼうという少年言葉で夏休みが素直に映し出され、好感度大であった。感性は感じられるので、今後の表現力の成長を期待する。優秀賞の句は中一男子の句とは思えない程卓越した表現力が感じられた。特に「無常なり」に将来性ありと見た。他の2句も中学生らしい句が並んでおり、素直な前向きさが滲んでいた。

佳作の句は小二という坊やの母を思う素直で可愛らしい句であり、このまま真っ直ぐに育って欲しいと心から思わせる句であった。

小説部門

総評

奥富紀子

今年はどのような作品に出合えるだろうか。期待を抱いて原稿に目を通したが、残念ながら今年も受賞に値する作品はなかった。労力と時間を費やして創り上げた応募作に対して、例年同様の結果報告だけでは将来的な展望は望めない。審査を終え、複雑な心境の中、考察した。以下、僭越ながら私見で改善策、打開案を述べさせていただきたいと思う。

全体を通しての所感は、「小中学生の部」「一般の部」ともに、応募者の方々にはより多くの作品、文章に触れる機会を増やしてほしい、ということ。さらに、外部からの指導や指示に耳を傾け、修練を重ね、次の創作に挑む気持ちを持っていただきたい。つまり、堅実に基礎固めを行ってほしいということである。

一方で、当文学賞の現状を刷新する必要があるのかもしれない。まず、〔部門〕について。一体化している「小中学生の部」だが、小学一年生と中学三年生の筆力を審議することは難しい。また「一般の部」に組み込まれている「高校生の部」でも同じことが言える。区別化の一考の余地があるだろう。

次に、〔指導・育成〕について。今回も多々見受けられた、応募者の推敲・校正不足を補うにはどうすべきか、ということ。たとえば、定期的な文章教室やセミナーの開催等。文学に限らず、何事も手本、見本となる指針が必要である。個々に指導を受けられるのであれば上達は早い。眠っている才能が開花することもあるだろう。定期的な文章鍛錬の場こそ必要であり、それなくしては実力の向上も難しいのかもしれない。

当文学賞、そして倉敷の文学を盛り上げてもらうことが、何よりも大切である。応募者側の日々の鍛錬と主催者側の受け入れ態勢がうまく合致し、高い水準でよりよい文学賞へと発展していくことを切に願う。

講評

世良利和

残念ながら今回も小説部門からは受賞作を選定できませんでした。総評は奥富先生にお任せして、ここでは最終選考に残った10作品について、それぞれ簡単な講評をしておきます。

まず一般部門からです。『妖精の魔法は己の心に嘘をつけない』は異世界系のライトノベルで、妖精や魔法、呪い、剣士といった、よくあるイメージを使った物語構成になっており、世界観や人物像に独自性が希薄でした。『こまねち～倉敷小町奇譚～』は羽島・法輪寺の小野小町伝説に想を得た作品ですが、「こまねち」は不要でしょう。また「奇譚」と題する以上は、もう少し物語に深味が必要です。『まつたけ山』は平家の落人伝説をサスペンスに仕立てた内容でしたが、表現の推敲が不十分で、気になる箇所が散見されました。また原稿用紙の使い方や表記・用語の癖などが、先ほどの『こまねち～』とよく似ているのは偶然でしょうか。

『吉備の稚媛』は神話時代の物語ですが、語り手の「私」が途中で姿を消し、誰の視点なのかわからなくなっています。もう少し文章に起伏を持たせ、誤字もチェックしましょう。『東亜子の絵』は老境の女性による青春回顧の物語でしたが、この作品には見覚えがあります。以前の応募作に手を入れたものと思われますが、前作を超えることはできていません。

続いて小中学生部門です。『【悲報】全人類が「俺」になっていた。』はギャグ&パニック系の物語で、文章は書けていると思いますが、全員が「俺」になった世界にもうひと波乱欲しいところです。『雪姫』はいじめと友情のテーマに日本的な怪異譚を絡めた内容ですが、「嘘」の意味がちょっと違う気がします。またせっかくの神社という設定をもう少し活かしてみましょう。

『一一一匹のネコ』は、孤立した天才科学者と少年の交流がテーマでした。逃げ出したネコたちを探す過程で、博士の過去や性格が浮かび上がればおもしろいでしょう。『浦島太郎の悲劇』は、浦島伝説をベースに男女のすれ違いを描いていますが、小説というよりプロットに近い印象で、もっと物語的な肉付けが必要です。『花言葉』はグリム童話風の物語でしたが、タイトルとストーリーと状況設定をもう少しかみ合わせる工夫をしましょう。

倉敷市民文学賞入賞者名簿

随筆部門

［一般の部から］

大　賞「十七歳の母」　家森澄子　倉敷市福井　S13

［一　般　の　部］

優秀賞「チャンガラの記憶」　北山隆之　倉敷市西中新田　H1

佳　作「合縁奇縁」　宮原雅文　倉敷市中島　S23

入　選「セスナ機がある本屋」　吉村恵子　倉敷市福田町古新田　S32

入　選「モネの鉢」　大坪光恵　倉敷市中庄　S23

［小中学生の部］

優秀賞「楽する努力」　戸田茉那　倉敷天城中学校　2年

佳　作「私の妹たち」　大口千咲子　倉敷天城中学校　3年

入　選「広島平和大使になって」　藤原蒼大　天城小学校　6年

童話部門

［一般の部から］

大　賞「写生会」　原田典子　倉敷市福井　S39

［一　般　の　部］

優秀賞「健太の戦争」　朝倉彰子　倉敷市宮前　S16

佳　作「隣の犬と女の子」　鶴田恵江　倉敷市福島　S48

入　選「雨女はきらいですか？」　大熊純子　倉敷市連島町連島　S40

入　選「ランのおくりもの」　中桐裕子　倉敷市福田町古新田　S45

［小中学生の部］
入　選「ブローディアの花が咲いた」　角谷裕子　倉敷市稲荷町　S33
優秀賞「あかりちゃんは、お姉さん」　松永悠伽　倉敷天城中学校　1年
入　選「あの日に見た未来」　西村　航　大高小学校　5年
入　選「そらとまるの仲直り」　岡崎琉花　東陽中学校　1年
入　選「見習い探偵」　森川　要　倉敷天城中学校　1年

現代詩部門

［一般の部から］
［一　般　の　部］
大　賞「今日の希望」　鹿毛美保子　倉敷市北畝　S45
優秀賞「ひまわり」　朝倉彰子　倉敷市宮前　S16
佳　作「源翁と猫」　山口　蓮　倉敷市幸町　H14
入　選「瞼の中で虫を飼う」　岡本理恵　倉敷市西岡　S61

［小中学生の部］
優秀賞「ありがとう」　三宅結女　福田中学校　3年
佳　作「空はま法のおかし屋さん」　羽田心和　大高小学校　5年
入　選「にちようび」　長井朝輝　連島東小学校　1年

短歌部門

［一　般　の　部］
大　賞「向日葵」　滝口泰隆　倉敷市中島　S50
優秀賞「父のノート」　赤埴千枝子　倉敷市福島　S25

佳　作「酷暑広島」　氏平サナエ　倉敷市茶屋町早沖　S21
入　選「音符を拾う」から　萩原文彦　倉敷市船穂町船穂　S57
入　選「夢の欠片」から　萩原節子　倉敷市船穂町船穂　S32
入　選「風のきて」から　茅野和子　倉敷市藤戸町藤戸　S12
入　選「水島の町」から　豊田冨美子　倉敷市北畝　S29
入　選「古里」から　鷹取京子　倉敷市中島　S9

［小中学生の部］

大　賞　三宅蓮太朗　玉島西中学校　2年
優秀賞　三宅善　玉島西中学校　2年
佳　作　井上陸　玉島西中学校　2年
入　選　樅野聖河　大高小学校　5年
入　選　野村翔　赤崎小学校　4年
入　選　児玉乃々葉　西中学校　2年
入　選　萬木花菜　西中学校　2年
入　選　渡邊真悠　西中学校　2年

俳句部門

［一般の部］

大　賞「青海原」　渋谷邦子　倉敷市羽島　S10
優秀賞「花筵」　花岡鈴子　倉敷市木見　T15

佳　作「観覧車」　萩原節子　倉敷市船穂町船穂　S32
入　選「水攻め」から　山本祐二　倉敷市玉島　S19
入　選「八月」から　中路修平　倉敷市吉岡　S23
入　選「追憶」から　竹本房男　倉敷市西阿知町　S28
入　選「花開く」から　秋岡朝子　倉敷市大島　S18
入　選「揚げ雲雀」から　木口光雄　倉敷市玉島乙島　S13

［小中学生の部］

大　賞　武部新　大高小学校　4年
優秀賞　石井美羽　東陽中学校　2年
佳　作　中田葵　大高小学校　4年
入　選　伊野歩　大高小学校　5年
入　選　中田和希　大高小学校　2年
入　選　重田朋来　庄中学校　2年
入　選　西山侑良　琴浦中学校　3年
入　選　畦坪慶　東陽中学校　1年

川柳部門

［一般の部］

大　賞「罰ゲーム」　難波靖子　倉敷市新田　S24
優秀賞「ワンカット」　竹本妙子　倉敷市真備町妹　S19

［小中学生の部］

佳作「千年桜」 萩原文彦 倉敷市船穂町船穂 S57
入選「蝉しぐれ」から 萩原登 倉敷市船穂町船穂 S4
入選「涙壺」から 萩原節子 倉敷市船穂町船穂 S32
入選「魔女」から 滝口泰隆 倉敷市中島 S50
入選「道」から 古城英男 倉敷市真備町岡田 S23
入選「プライド」から 藤原桜山 倉敷市藤戸町天城 S17
大賞 菅野颯祐 庄中学校 2年
優秀賞 山本涼太 福田中学校 1年
佳作 内藤陽翔 天城小学校 2年
入選 谷口晴 大高小学校 4年
入選 河田望愛 天城小学校 4年
入選 武鎗優 東陽中学校 2年
入選 河野心海 庄中学校 3年
入選 野瀬七海 庄中学校 3年

倉敷市民文学賞審査員

小説部門
世良利和
奥富紀子

随筆部門
谷本晃
斎藤恵子

童話部門
松田範祐
八束澄子
和田英昭

現代詩部門
瀬崎祐
田尻文子

短歌部門
野上洋子
野田たき子

俳句部門
小倉貴久江
原田慶子

川柳部門
高杉究作
高木勇三

第二十六回倉敷市民文学賞

作品募集要項

趣　旨

「倉敷市民文学賞」は、倉敷市民の文芸活動の振興・発展を目的に平成九年に始められました。広く市民のみなさんから文芸作品を募集し、優秀作品を掲載した作品集を出版します。

募集部門

小説・随筆・童話・現代詩・短歌・俳句・川柳の各部門に「一般の部」と「小中学生の部」を設けます。

応募期間

令和四年八月三日（水）～九月十日（土）（必着）

応募資格

（一）倉敷市内に在住または通勤・通学している人。

（二）前年度の大賞受賞者は今年度の同一部門に応募できません。

応募規定

（一）応募作品　自作の未発表作品に限ります。同人誌・インターネット等へ発表したものは既発表とみなします。複数部門への応募可。

（二）作品数　小説・随筆・童話は一人一作品

小説　七十枚以内（四百字詰原稿用紙）

随筆　五～十枚程度（同）

童話　十五枚以内（同）

・現代詩は一篇五枚以内の作品で一人三作品以内

・短歌一般の部は三首を一組としてタイトルをつけ一人一組。小中学生の部は一人三首（タイトル不要）

・俳句・川柳一般の部は五句を一組としてタイトルをつけ一人一組。小中学生の部は一人三句（タイトル不要）

※複数部門への応募も可とします。

応募状況

部門		応募者数	応募点数
小説	一般の部	10人	10
	小中学生の部	16人	16
随筆	一般の部	30人	29
	小中学生の部	10人	10
童話	一般の部	13人	13
	小中学生の部	12人	12
現代詩	一般の部	17人	33
	小中学生の部	6人	6
短歌	一般の部	41人	41
	小中学生の部	143人	292
俳句	一般の部	44人	42
	小中学生の部	276人	789
川柳	一般の部	32人	30
	小中学生の部	35人	73
合計		685人	1,396

あとがき

倉敷市民の文芸活動の振興と発展を目的に、平成九年度から始まりました「倉敷市民文学賞」も、おかげをもちまして第二十六回を迎えることができました。

今回の市民文学賞には六八五名の皆様から一三九六点の応募をいただきました。

多くの市民の方々が、本文学賞を文芸活動の目標としていただいていることを、主催者、関係者一同感謝いたしております。

本書は応募の中から選ばれた優秀作品を掲載したものですが、僅差でここに掲載されなかった素晴らしい作品も多数ございます。ご応募いただきました皆様には、更に文筆活動に励んでいただき、より多くの作品を発表していただければ有りがたいと考えております。

終わりになりましたが、審査員の先生方をはじめ、ご協力いただいた関係者の皆様、また本文学賞にご応募いただきました皆様に厚くお礼を申し上げます。

主催　倉敷市
　　　倉敷市文化振興財団
共催　倉敷市教育委員会

文芸くらしき　第26号
　倉敷市民文学賞作品集

2023年3月30日　初版第1刷発行

■企画・編集――公益財団法人倉敷市文化振興財団
■発　行　者――佐藤　守
■発　行　所――株式会社　大学教育出版
　〒700-0953　岡山市南区西市855-4
　電話（086）244-1268　FAX（086）246-0294
■印刷製本――モリモト印刷㈱

ISBN978－4－86692－250－8